回归未来

BACK
TO
THE
FUTURE

郑义林 著

九州出版社
JIUZHOUPRESS

图书在版编目（CIP）数据

回归未来 / 郑义林著. — 北京 : 九州出版社,
2019.11
  ISBN 978-7-5108-8511-2

  Ⅰ. ①回… Ⅱ. ①郑… Ⅲ. ①散文集－中国－当代
Ⅳ. ①I267

中国版本图书馆CIP数据核字(2019)第262344号

回归未来

作　　者	郑义林　著	
出版发行	九州出版社	
地　　址	北京市西城区阜外大街甲 35 号 (100037)	
发行电话	(010)68992190/3/5/6	
网　　址	www.jiuzhoupress.com	
电子信箱	jiuzhou@jiuzhoupress.com	
印　　刷	北京兰星球彩色印刷有限公司	
开　　本	880 毫米 ×1230 毫米　32 开	
印　　张	8	
字　　数	200 千字	
版　　次	2019 年 12 月第 1 版	
印　　次	2019 年 12 月第 1 次印刷	
书　　号	ISBN 978-7-5108-8511-2	
定　　价	48.00 元	

每个人心里都有一个独特的世界。只是有些人选择把那个世界忘记，去适应现实；而我选择一边适应，一边完善我的世界。

序

回归未来

2018 年 10 月，67 岁的王石再次选择重新出发，前往以色列希伯来大学，开启为期两年的犹太文化研究和希伯来文学习。用他自己的话说，去到文明的源头去探索生命的本源，拥抱未来。

虽然未来时刻在变化，但生命的规律却是永恒的。从"百岁人生"的视角看，刚走完人生三分之二的王石，通过不断思考和探究生命的本质，来为自己下一段三分之一的人生做准备。

受王石先生的启发，本书取名《回归未来》，作为《相遇在美好的时代》一书的延续和升华。我们追求美好生活，思考生命的意义，在变化莫测的时空交错中，坚定自己内心的信仰，充满激情地拥抱未来。

人是唯一寻求意义的动物，没有意义也要创造出意义来，于是就诞生了哲学、宗教、艺术等学科。然而，生命到底有没有意义？

有时我也会想：一个人如果不去思考这些人生大问题，岂不是可以过得简单快乐一些？

其实，不是因为思考，所以痛苦，而是因为痛苦，所以思考。想不想这类问题，不是自己可以选择的，基本上是由天生的禀赋决定的。福克纳在加缪猝死的那一年写道：加缪不由自主地把生命抛掷在探究唯有上帝才能解答的问题上了。其实，哲学家和诗人都是这样，致力于解开并无答案的人生之谜，你可能会认为他们是不明智的。但从学术上看，这是人生的困境，只要人在，困境就在，哲学就始终要去思考和回答。

回到前面的问题，在某种意义上，生命最初本无意义，是具有主动意识的人类，给予生命意义，并在生命的每一刻，反复将其明确。

首先，爱赋予了生命的意义。人类最伟大的东西是爱，爱包括爱情、亲情和友情等，其中亲情是所有爱的原点。父母子女缘分一场，但时间并不像我们想象的那么"天长地久"。我们说到未来，实际上以亲情所代表的爱，是永恒的，无论未来社会如何变化，无论机器如何替代人类，作为生命，作为人类，爱始终是支撑人类往前走的最重要的动力。

这两年，我当了父亲，有了这一角色后，我的生活全然改变，开始学会了表达爱，我对生命的意义也有了新的理解：传承才是人类社会最重要的使命，传承让生命在时间和空间上得到无限的延伸。我们拥抱世界，面对未来的时候其实更多的是要找回自己，很多问题的答案都铭刻在我们的遗传密码与文化基因中。所以说，回归未来，本身面对未来的是我们要回归，就像我们对亲情的理解，面对未来，亲情什么时候都是不可或缺的，生命的过程要始终充满爱与感恩。

苦难与成长的体验让生命的过程充满意义。

人生在世，免不了要遭受各种苦难。所谓苦难，说的是对我们造成巨大痛苦的事件和境遇。也许少数人很幸运，一生当中未尝吃大苦，却也无法避免那个所有人迟早要承受的苦难——死亡。因此，如何面对苦难，便是摆在每个人面前的重大人生课题。

苦难与幸福是相反的东西，但它们有一个共同之处，就是都直接和灵魂有关，并且都牵涉到对生命意义的评价。在通常情况下，我们的灵魂是沉睡着的，一旦我们感到幸福或遭到苦难时，它便被唤醒了。

　　承受苦难磨炼人的意志，使人成长，因而磨难就变得有意义。《活出生命的意义》作者弗兰克在纳粹集中营的经历告诉我们，从承受苦难的方式中也可以找到生命的意义，他说：以尊严的方式承受苦难，这是一项实实在在的内在成就，因为它证明了人在任何时候都拥有不可剥夺的精神自由。

　　认知自己，是人生最难的课题。

　　在人世间的一切责任中，最根本的责任是对你自己的人生负责，真正成为你自己，活出你独特的个性和价值来。

　　我们谈人性的弱点，其实更准确地讲是如何认识自己。人这一辈子，最难的是认识自己。我认为评价人的一生，发现最大的不幸，实际上是活了一辈子，临走的那一刻你依然不认识自己。

因而，写作本书的过程，实际是在不断探索自己、与自己对话、与世界对话的过程，我希望通过写作与思考，让自己更加全面地认识自己，更加理解这个世界。

追求美好生活的愿望推动着人类社会不断进步和发展。《顾城哲思录》里有这样一句话："美是唯一真实的东西，当它到来时，一切都形同虚设。"追求美好是人类的天性，即使有人对未来心存疑惑，依旧要对生活充满信心。实际上，我们如何看待生命，我们就如何对待生活。

从《相遇在美好的时代》到《回归未来》，中间相隔仅仅一年时间，却似乎经历了许多事情。这一年，我遇见了潘基文秘书长、龙永图部长、陈春花老师、白岩松、冯仑等，他们各自精彩的人生故事，告诉我永远不要停下前进的脚步；这一年，国际形势风云变幻，中美贸易摩擦升级，不确定性加剧，中国的民营企业经历了蜕变与重生……

两次新书演讲，我挑战了自己，克服了当众演讲的弱点，也成长了自己。这一年，我在不断地切换角色，在与成功的企业家和艰难求生的创业者的深度接触中，体悟到冰火两重天的商业世界。

写完本书，不知不觉已陪伴博商会走过了十年。十年可以很长，也可以很短，经历了风雨十载，我希望可以重新出发。下一个十年，世界将是怎样的世界？中国将是怎样的中国？而我又将变成怎样的自己？一切未知，但却十分期待。

最后，用一句话共勉：拥抱变化，回归未来，一切才刚刚开始！

是为序。

郑义林

2019 年 4 月 1 日

目录
CHAPTER

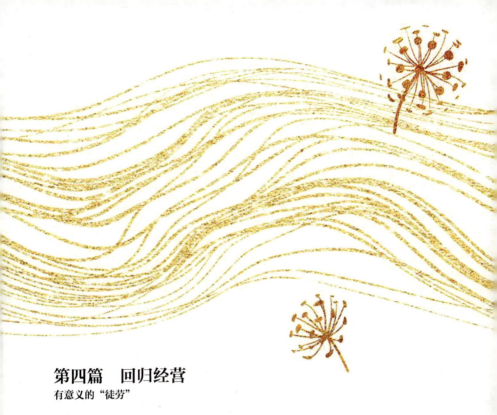

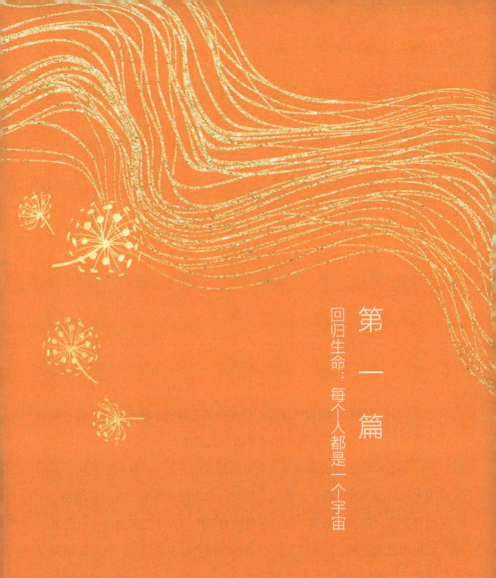

第一篇

回归生命：每个人都是一个宇宙

白岩松：我与中国改革这四十年

"一个人对了，一群人就都对了。"

———白岩松

一

2018 年 9 月，我们在深圳组织举办第三届民企盛典，有幸邀请到央视知名主持人白岩松先生出席并做主题演讲。

白岩松能答应出席，有三个方面的理由：第一，我们的主题，是关于致敬改革开放四十年的纪念活动。白岩松是改革开放的受益者，感恩于这一伟大的政策，这一年他刚好五十岁，于是想借这个机会表达他的感受；第二，是深圳。白岩松与深圳有多次缘分，他与深圳同属猴，比深圳刚好大一轮，见证着深圳一路的成长和变迁，感叹这个时代的美好与伟大；第三，是龙永图部长。白岩松与龙部长相识二十余载，是忘年之交，龙部长的亲自邀请，让他一口答应出席。

最后一个理由，当然也是最重要的。1994 年 3 月，中央电视台首次派人到中国复关入世谈判最前线日内瓦采访，白岩松参加了这次历史性的采访，由此结识了当时中国入世谈判团的主要代表龙永图部长。

正是这场谈判，让白岩松和龙永图能够走到了一块，而且二十多年一直保持着真正朋友的关系。

时隔多年，白岩松依然记得在日内瓦湖边的那个早晨，龙部长的一句话让他记忆深刻，他说："小白，你知道我为什么愿意坚持吗？不能让中国的改革开倒车啊，融入世界，我们的改革就不可逆！"

正是这份理想主义和责任感，让白岩松发自内心地尊敬这样一位师长，也让他更理解什么是国际视野和格局，什么是信仰的力量。

"龙部长是入世谈判团中最重要的一员，他业务精深，对外谈判，他负责进攻，对内面对各行业的自我保护，他又得防守，这是一个不好干的苦差。今天，我们要感谢龙部长，因为我们每一个人，或多或少，都是他谈判工作的受益者。"白岩松说。

后来，离开副部长位置的龙永图，又做了博鳌亚洲论坛的秘书长，又做与20国集团相关的工作，即便如此繁忙，他又在故乡贵州的电视台，开了一档《论道》的电视栏目，而这档栏目，白岩松成了常客，两人常常在《论道》里谈论共同的梦想，世界与中国，人生与幸福等。

2018年在深圳举办的民企盛典，两人再次有机会共同"论道"，回顾中国改革开放40年，谈时代，论民企，说深圳，讲中国。

2018年9月11日，我们安排了龙部长和白岩松共进午餐，两人相聚甚欢，谈了许多往事。为了与老朋友相聚，龙部长特别在深圳多留了一天，他说："我和岩松之所以能成为忘年之交，是因为我们有很多共同的地方，比如说我们都是从非常遥远的小地方来到北京，成长的过程都吃过很多苦，所以都以双倍的努力来实现自己的人生梦想。我们对人生、时代和国家有很多理解都不谋而合，岩松这些年很不容易，我是看着他一路成长的。"

这一天，白岩松身穿深灰色的中山装，精短的发型里藏了不少白头发，看起来更有味道了。50岁的他，经历半个世纪的岁月磨砺和人生体悟，更有成熟中国男人的魅力和风度。

二

1968年，白岩松出生在内蒙古呼伦贝尔的一个边远小镇，8岁那年，父亲辞世，母亲独自挑起了这个风雨飘摇的家。

贫寒的家庭环境磨砺了白岩松坚强的性格。小时候的白岩松性格有些"特立独行"，淘气贪玩，不是传统意义上的好孩子。他不爱看课本，从小学到初中，学习成绩都是班级倒数几名，但少年时代的白岩松开始热衷读杂书，对各种新事物十分狂热。

上了高中，白岩松开始明白"读书改变命运"的道理，于是开始沉下心来学习，高三那年，跟拼了命一样读书，不分昼夜。终于，命运没有辜负这位"很特别"的少年，高考那年白岩松以优异的成绩考入北京广播学院（现中国传媒大学）的新闻专业。

18岁的白岩松在北京王府井书店买了《朦胧诗选》，听了崔健的《一无所有》，这影响了他的一生，形成了他独特的文风和性格，这包括朦胧诗、摇滚乐和古龙武侠小说的影响。

1989年，白岩松从北京广播学院新闻系毕业，分配到了中央人民广播电台，白岩松原本希望工作岗位离新闻近一点，但最终让他去了《中国广播报》当编辑。一开始白岩松不大乐意去，感觉那是个喝茶看报的地方，可到那不久，就成为一个整版的编辑，很快成为报社的年轻主力。

白岩松没有后悔来到报社工作，这里倒是锻炼人的地方，更重要的是，也是在这里，他认识了妻子朱宏钧，一个后来一直站在背后默默支持他的女人。

1992年底到1993年初，中央电视台有一帮人在筹办《东方时空》，缺个策划。当时崔永元也在广播电台，他有个同学在那个组里，推荐白岩松去。

白岩松去当兼职，做策划。制片人见他思维敏捷、语言犀利，便让他试试做主持人，他一开始不愿意出镜，但因制片时间非常紧迫，他被赶鸭子上架当采访记者。

第一次出镜时，栏目组要白岩松自己找服装。而他连一套像样的西装都没有，最后还是妻子朱宏钧从朋友那里帮他借了一套高级西装。那段时间，白岩松的神经就像拉满的弓，常常睡不着觉。眼看丈夫种种焦虑不安，朱宏钧对他说："坚持下来，我会全心全意支持你的！"

此后，白岩松开始从幕后走向台前，他思维机敏，语言犀利，看问题的视角独到有深度，加上一口流利的普通话，他终于在栏目组站稳了脚跟。1995年，白岩松获得了金话筒奖。也就是这一年，他被正式调入中央电视台。

1996年1月，白岩松的一篇论文刊登在北京广播学院的学报上，题目叫《我们能走多远》。最后结束语是：我急切地期待着新闻直播时代的到来，因为如果没有直播，就可能充满假象。

白岩松由人物访谈，迅速变成直播节目主持人和评论员，这不仅仅是他个人的喜好，而是中国电视走到了这一步，需要开疆拓土。

1997年，香港回归开启了中央电视台的大型新闻直播时代，白岩松当时负责驻港部队进港的全程报道。

每次大型直播前，白岩松都非常紧张，整夜整夜地睡不着，食欲不振，人明显消瘦。节目做完后，没有出差错，又兴奋得彻夜不眠。长年精神紧张和高负荷的工作，以及多愁善感的性格，使白岩松比常人有更多的忧虑，这让朱宏钧十分担忧，因为丈夫的同行有不少患上了抑郁症。于是，朱宏钧经常开着车，带白岩松沿着中央电视台附近的昆玉河兜风。清凉的河风，霓虹闪烁的夜景，市井中人们忙碌的生活画面，让白岩松紧张的情绪渐渐得到了放松。

三

2000年，白岩松直播悉尼奥运会比赛，是他第一次参与直播奥运会。从奥运会回来，他自我封闭了一年。

这是白岩松的第一次"自我下岗"，用他自己的话说："那一年太喧哗了，那一年我几乎拿到了所有的东西，各种评选都在获奖，非常茫然，不知道下一步该往哪儿去走，心里有个声音：停下来，就会知道。"

停下来的这一年，白岩松每天都在思考，电视是什么？哪些东西是糟糕的，你不能再那么做了。

2003年，白岩松复出后，央视新闻频道成立，白岩松以《时空连线》《中国周刊》《新闻会客厅》三个栏目的制片人身份亮相。几个月的时间，白岩松把自己担任制片人的栏目都做成了名牌栏目，到处是表扬的声音。他再次觉得"该停了，否则，可能就不知道自己要干什么了。"

2003 年 8 月 19 日，他再次"自我下岗"，辞掉了全部职务。曾有记者采访他，"你做节目的时候，更多考虑的是老领导还是老百姓？"白岩松回答："真话告诉你，都不考虑，我考虑最多的是这条新闻是什么。"

2004 年，《东方时空》由早间改到晚间，白岩松再次回归。回归后，他第一件事情就是把《东方时空》的制片人制度改成"编委会制"，民主管理，责任共担，鼓励创新和尝试。

民主管理的好处是，每个人都要承担更多的责任，这样才能提升能力，也会更理性地约束自己。其实，越不担责任越容易抱怨，越担责越理性。白岩松通过《东方时空》给中央电视台的新闻带来一种新的机制。也许正是保持着这种不断思考，不断创新，敢于重新出发的姿态，才让白岩松在新闻事业的道路上，保持激情，不忘初心，越走越远。

当直播成为电视的常态之后，白岩松开始跟台里的领导不断地讨论，直播成为常态之后，电视该走向哪里？

白岩松说，"观点正在成为新热点，中央电视台这个传媒，不能没有自己的新闻评论。过去也有评论，但不是独立存在，是依附于新闻的。"

正是在这样的背景下，2008 年中央电视台新闻频道创办了《新闻 1+1》，这是一个严格意义上的电视评论栏目，白岩松也成了央视第一个评论员，开启了"说话得罪人"的时代。

面对不作为的地方政府，他会直接点名，一句句地质问违规之处。经常有人跟他说："你这话说得有点狠呀。"

白岩松反击："一个不得罪人的新闻评论员不是合格的新闻人，如果被所有人喜欢，那是一种悲哀。一个健康的社会，该包容下各种声音，都说好话，都爱听好话，是一个社会最危险的标志，而如果新闻人都已如此，留着这个行业还有什么意义？"

2008 年，40 岁的白岩松给自己提出了下一站目标：捍卫常识，建设理性，寻找信仰。

四

2018 年，白岩松 50 岁了！

在与他商议第三届民企盛典的演讲主题时，白岩松反复修改，最后确定的演讲题目是《从十岁到五十岁：我与改革四十年》。

白岩松十岁时，中国开启了改革开放的伟大探索；白岩松五十岁时，中国迎来改革开放四十年巨大改变。选择这一主题，讲述他的故事及背后的中国梦。

"我已经记不得自己来过多少次深圳了，我可能跟深圳比较有缘，深圳 1980 年 8 月份正式出生，属猴，我一样，我也属猴，也是 8 月份出生，跟深圳缘分很近，但是我比深圳大 12 岁。由此也看得出来，我跟改革开放 40 年蛮有整数缘分的，因为 1978 年拉开改革大幕的时候我 10 岁。"

白岩松从与深圳的结缘谈起，他很庆幸自己刚好比改革开放大 10 岁，也正是因为这不多不少的 10 岁，让白岩松成为改革开放最大的受益者之一。

白岩松第一次来到深圳是在 1993 年。90 年代《东方时空》《焦点访谈》《新闻调查》的开创，是中国媒体界甚至是中国社会的巨大变革，因为中国的开放不仅仅包括经济的开放，尤其重要的是思想和意识形态领域的开放。1993年5月1号，《东方时空》正式开播，标志着媒体评论社会时代的开始，舆论监督正式走上前台，以前是没有舆论监督的。因此，《东方时空》开播之后，白岩松第一趟出差就是到海南和深圳，那是他人生中第一次到深圳。

白岩松称深圳这个城市属猴。一方面深圳有孙悟空七十二变的发展速度，此外，另一个猴年深圳所发生的故事，改变了深圳以及中国的命运，那是1992年，邓小平南方讲话，使中国再一次改革开放。正是因为有了1992年，邓小平的南方讲话，使沉闷封闭的中国重新获得了活力，很多东西回头去看，都是从1992、1993年之后诞生的。

令白岩松印象很深的是到深圳，强烈感受到物质开始成为一种巨大的吸引力。20世纪90年代初，深圳开了中国第一家佐丹奴，白岩松和剧组的很多人都跑到了这家店，兴奋得不得了，一人买了好几件。隔了几个月，白岩松获得《东方时空》的第一届最佳主持人，穿的就是佐丹奴的衣服领的奖。

回忆这些细节让白岩松感慨颇深，那是中国相对廉价的品牌物质时代开始，没几年这个时代就被抛离了，然而，深圳的改革相当重要的一点是给了人们机会的梦，物质的梦，因为蛇口的那个标语"时间就是金钱，效率就是生命"。在社会主义中国居然出现了把"金钱"直接成为标语的一个时代，这几乎让所有人惊呆了，原来我们是可以大庭广众，正大光明的面对"金钱"二字的。

第二次来深圳，算是机缘巧合。1997年2月19日白岩松在广州拍摄采访广东足球，20日早晨，编导刘春将睡梦中的白岩松晃醒，说："小平去世了。"

上午匆忙完成原定的采访工作后，白岩松和刘春做了决定，私下里去深圳。跟工作没有任何关系。

"到了深圳之后，我们买了鲜花去给邓小平画像献花，画像广场拉走花的车一辆接一辆，这完全是一次自发的行为。因为那一天我的自觉，情感告诉我，没有邓小平就没有我们自身命运的改变。"

在深圳送完花之后，白岩松急忙赶回北京，他想为邓小平送行。结果，他赶上了，是长安街的延长线，在永定路的街口，白岩松一直站在路边目送邓小平的灵车到八宝山。

那一刻，白岩松感慨很深："一个人对了，一群人就都对了。"

第三次来深圳是1997年，香港回归，国家大事，白岩松要负责驻港部队入港的全程直播报道。

驻港部队住在宝安，白岩松要在7月1号的前一天开始做现场直播，他觉得始终找不到一个标志性的地点来进行直播，结果去了界河，到了界河看到邓小平的画像，就问看守的武警邓小平来过吗。武警说来过，到这边一直不走。于是在直播中白岩松说："大家都难过的是邓小平没有看到香港回归，我要告诉你们，就在五年前，他一个人站在界河看了香港很久，此时这张照片就在离界河几十米的地方。"

更重要的是白岩松看到界河桥上有一块铁板，武警说那是管理线，铁板的这面是香港，那边是内地，最后直播就在管理线这里做了，因为驻港部队的先头部队越过管理线，可以说是"驻港部队的一小步，中华民族的一大步"。

五

民企盛典白岩松来深圳演讲那天，恰好是 2018 年 9 月 11 日，那天，发生了谁都不愿意看到的"9·11 事件"。

中国第一时间就予以美国支持，共同反恐。17 年后，美国开上了贸易的无形机"撞"中国和美国两个"经济双塔"，怎么看待这件事情？坏事，毫无疑问。但是，白岩松说："从长远的角度来说，对中国是好事。虽然股市一直在跌，但是为什么长远来看对中国是好事？"

第一，白岩松认为真正厉害了"我的国"是国歌里的"中国"，因为《国歌》里头有"中华民族到了最危险的时刻"，一个民族能把中华民族到了最危险的时刻写进国歌天天唱，这才是真正"厉害了我的国"。

《道德经》问，什么水面最辽阔？有湖有溪有海，当然最辽阔的是大海。老子自问自答，为什么是大海？因为它比别人低。成王者低，海平面是零，所以千江万河归大海，于是辽阔。

第二，更加让我们清醒"发展才是硬道理"。不要轻易相信人家天天笑脸把你捧成世界老大，我们不要产生幻觉，现在最核心的技术都相当大比例地捏在别人手里，即便有了深圳这样的城市，我们核心的芯片，我们互联网的最根基的那个源头在哪？"中华民族到了最危险的时刻"，总唱没坏处，所以不要产生幻觉，天上不会掉馅饼，掉的一般都是铁饼。

第三，用开放心态迎接磨难。白岩松说，"我觉得在我心中最重要的是，中国不管面对的是特朗普还是美国，明着暗着的事，我们都应该拥有像 17 年前一样的心态。中国 17 年前加入 WTO，当时多少人担心，多少人忧虑，结果呢？美国人说我们是 WTO 最大的受益者，事实也是，因此只有用开放迎接磨难，才会变得更强。"

演讲最后，白岩松用三个词来致敬改革开放 40 年的中国："更开放，更开明，更开心。"

六

活动结束后，我送白岩松去机场，中间的路程需要半个多小时。利用这个机会，我以采访的形式，问了他一个问题："十年后，也就是您六十岁时，您希望自己是什么样的？"

他笑了笑，说："我想做一个可爱的老头。"

十年后，六十。一个很久很久之前从未想过的远方，远得仿佛在地图之外，可是，转眼就是下一站。

六十，当然是人生中的一个大站，如果抽烟，车到站，还可以下去抽上两口，透透气，愣愣神儿。但没了这喜好，估计到时没怎么细想，岁月就呼啸而过。说实话，人过四十，这时间列车就提了速，越跑越快。

"当一个可爱的老头，一直是我的一个理想。这个老头开明而不油腻，亲切有幽默感。不做一个既得利益者，始终向正确的方向而不是利益的方向去使劲。记得为年轻人说话，甚至有时替他们遮遮风、挡挡雨，并总是乐于为梦想敲鼓。这样的年老，是可以渴望的，十年后，机会就来了。"

我想年轻人都会喜欢这样"可爱的老头"，于是我接着问，"今年，是中国改革开放四十周年，这已是中国历史上，持续最长时间的改革，十年后，就五十年了，改革还在继续吗？更开放了吗？"

十九大报告中，有这样几行字：人民美好生活需要日益广泛，不仅对物质文化生活提出了更高要求，而且在民主、法治、公平、正义、安全、环境等方面的要求日益增长。

"十年后，改革当然要继续，开放更要继续，尤其在人脑海深处。当然，还应加上开明与更多人的开心，因为十年后，中国依然未完成……"

至于十年后的世界是什么样子的，白岩松没有回答。但我想，人和时代，都有自己的命运，十年后的事儿，让十年后去说吧。

『当一个可爱的老头，一直是我的一个理想。这个老头开明而不油腻，亲切有幽默感。不做一个既得利益者，始终向正确的方向而不是利益的方向去使劲。记得为年轻人说话，甚至有时替他们遮遮风、挡挡雨并总是乐于为梦想敲鼓。这样的年老，是可以渴望的，十年后，机会就来了。』白岩松在第三届民企盛典谈到自己的理想时如是说。

龙永图：中国龙的大国信仰

自从他代表中国走向世界的那一天起，他的
人生，他的命运，就和中国一起，一路向前，
永不止步！

一

白岩松称龙永图先生为"中国龙"。

白岩松记录了 1994 年在日内瓦联合国总部参与入世复关谈判报道的一幕：每当龙永图先生要在大会上发言，原本空荡荡的会场，会立刻挤满了人，因为外国朋友常常对同伴们说："中国龙，去听听！"

提起"龙永图"这一名字，人们不由得将其与入世谈判联想在一起。30 多年前，中国的入世谈判在世界上引起了巨大震撼，相信每一位亲历者都不会忘记。从 1986 年中国向世贸组织前身关税与贸易总协定正式递交了恢复合法席位的申请，到 2001 年成功加入 WTO，中国艰难地谈了整整 15 年。

有一位西方经济学家曾对中国入世谈判做出这样的评价："毫无疑问，中国入世谈判是多边贸易体制史上最艰难的一次较量，在世界

谈判史上也极为罕见。因为它意味着把中国这个全球最大的计划经济国家纳入全球市场经济的体制中来。"

而龙永图先生正是这场世纪谈判的首席代表，中间所经历的艰辛可想而知。时间走进 2018 年，这是很特别的一年。一方面，中国迎来改革开放四十周年；另一方面，中美贸易战正式拉开和摩擦升级。在此时间点上，回顾中国入世的历史过程，有助于我们以全球化的视野和格局来看待今天所发生的一切。

二

龙永图先生给我留下最深的印象是：慈祥，淡定，认真。

从 2017 年开始，我们多次邀请龙永图先生来深圳演讲，尤其是 2018 年，我们在深圳举办第三届民企盛典，主题是致敬改革开放四十周年，探讨全球化时代下的中国民企的发展方向，而龙永图先生正是我们第一位邀请的演讲嘉宾。

接待龙永图先生，不需要太过讲究，只要将他当成是"长者"一样尊敬就可以。龙先生很慈祥，随和，平易近人，吃饭的地方最好选择家常菜，他出生在湖南长沙，长于贵州贵阳，所以无论地道的湘菜，还是味道十足的贵州菜，都可以让他吃上两大碗米饭。而龙先生对年轻人十分关爱，总是要求我们要多吃一碗米饭，"吃饱饭，有力气才能干事"，这是他的口头禅。

龙永图先生跟我们年轻人在一起时，不停地强调，"要经历艰难，才懂得人生"。他们这一代人，受过饥饿，知道贫穷是什么味道。经历过一些困难，对一个人性格的磨炼是很重要的。人生肯定不是一帆风顺的，你很多的苦都吃过了的话，当碰到一些困难的时候，你就会非常坦然地面对。

"我在工作后的这些年里，有时候会碰到很大困难，甚至需要我豁出去的时候，有可能丢乌纱帽的时候，我就想我无非回到贵州老家去，无非就是再啃玉米棒子吃南瓜，没什么怕的，当你有一个最坏的退路，就能勇敢地面对未来的人生。"龙永图先生这段话，以及他那淡定从容的人生态度，始终激励着我克服困难，努力前行。

还有一个深刻印象是龙先生做事特别认真。每次我们邀请他出席，他都会认真准备，西装领带永远少不了，演讲的主题要认真准备，对话的问题要提前思考，每次上台时他手上总是准备好厚厚的一叠稿。还有他承诺的事情一定会兑现，这是他多年来养成的"习惯"。龙永图先生任何时候做事总是一丝不苟，一定要把事情做到尽善尽美才好。

三

最喜欢听龙永图先生讲述入世谈判的故事，尽管听了无数遍，每次都有新的启发和感悟。

龙先生喜欢在清晨散步，所以每次邀请他来深圳，我们总会尽量安排周边环境适合散步的酒店。"清晨散步"这一习惯已经有许多年了，龙永图先生常用回忆说："在日内瓦谈判的日子一生难忘，作为谈判代表，我们需要激情，也需要冷静。我每天很早起来在日内瓦湖边散步，湖边空气好，也安静，在这里可以将一天的工作在脑子里好好过一遍，全身心地放松，然后开始一天紧张的谈判。"

整个入世之路，中国代表团进行了大大小小的谈判上千次，既有和美国、欧盟、日本这些国家的双边谈判，也有在日内瓦举行的 100 多个成员参加的多边谈判。

在所有的谈判中，最困难、最重要的当然是和美国代表团的谈判。美国是全球第一贸易大国，而且美国拥有一个强硬的、专业的谈判代表团，所以谈判进行得十分艰苦，双方每次的交锋几乎都是攻坚战。

时光荏苒，1999 年中美达成协议后，网上的新闻标题是"龙永图，别流泪"，看到报道的龙永图此时真的流泪了，是激动的眼泪。

"谈判是双方妥协的艺术"，每次听到龙永图先生谈起入世谈判，最后都会有这句话的总结。我重重地记住了这句话，人快中年，终于明白了这句话的道理。

有一句歌词是"是我们改变了世界，还是世界改变了我和你"，年轻时我会纠结，会简单地理解"要么是我们改变了世界，要么是世界改变了我们"。现在想想，其实是可以双向的，我们每个个体都在改变着世界，同时世界也在改变着我们每一个人。

四

加入世贸组织，大大推动了中国市场化的进程，不仅促进经济的发展，还培养出一批杰出的企业和企业家，带来了思想观念上的巨大转变。

优秀的企业或企业家往往是在参与经济全球化的过程中，按照国际规则在市场搏击中历练而成。企业和人一样，没有来自外来的压力，是不会具备真正的综合竞争力的。中国做出市场开放的决策不是让步，而是真正的进步。

中国入世以后，中国经济迎来了黄金十年，同时全世界各个国家也从中国经济发展的受益。英国著名的财务杂志《经济学家》的一篇文章说："让我们庆贺中国加入世贸十年吧，因为中国加入世贸我们变得富有起来了。"

但说到底，中国入世，最大的受益者还是我们的人民。龙永图始终相信一场国际贸易谈判的成败归根到底是看它能不能够给自己的人民带来实实在在的好处，给自己的国家带来真正的利益。龙永图先生说，他最开心的是看到中国的老百姓买上了汽车，富起来后可以到世界各地旅游，中国的企业大步走向世界，参与国际竞争，也赢得了世界的尊重。

同时，中国加入世贸组织引进了一些符合国际规则和国际规范的重要理念，比如说"国民待遇"理念。

"国民待遇"就是一个国家必须对在这个国家运行的所有企业给予同等的待遇，国企也好，外资也好，民企也好，必须给予所有的市场主体完全平等的待遇，这是市场经济的基石。

吉利汽车的李书福说要感谢龙永图先生，因为他拿到生产汽车的许可证，正好是中国加入世贸组织的那一天，这当然不是一个巧合，是历史的必然。

龙永图先生曾经感慨："15 年的谈判，最大的体会就是国与国之间要遵守共同的规则体系。"我想，当今世界的所有矛盾与冲突，都是因为有人破坏或不遵守规则所致。

2018 年对我触动很深的一句话："什么叫自由？"孟德斯鸠说："做法律允许你做的所有的事情。"是的，自由不是无法无天，自由是在一个有边界的范围内，你可以尽情地发挥你的能动性和创造力。

五

2018 年中国迎来改革开放四十周年。龙永图先生在深圳举办的第三届民企盛典上，不断地强调，"开放是没有尽头的"。

"当今全球化趋势不可阻挡，我们改革开放四十年只是第一步，心态的开放、精神的开放，甚至是对我们不喜欢的事情能采取不是立即批判，而是共存的心态，这也是开放的一种标志。只有中国真正开放了，我们才能成为真正强大的世界强国。"

《道德经》里说"天长地久"，天为什么长，地为什么久？ 因为它从不考虑自己的长和久，只考虑如何润泽万物。结果万物都有生命周期，天和地能长和久，因为它从不考虑自己，这就是格局。这种格局就是龙永图心中的大国信仰。

2003 年 1 月，刚刚卸任中国外经贸副部长职位的龙永图，走马上任成为非官方国际组织博鳌亚洲论坛的秘书长。担任这一职位，龙永图心中的理想是"将博鳌论坛发展成为最活跃的国际经济论坛，成为全球研究亚洲问题最权威的智囊机构和高层次的对话平台。"

事实上，他真的做到了。龙永图先生内心无比坚毅，他想做的事，无论如何都会尽最大努力去实现。

龙永图以一种"共赢"的理念来协调亚洲在历史、经济、文化、信仰等诸多方面的差异，让"共赢"成为博鳌亚洲论坛的核心价值观。在他的努力下，博鳌亚洲论坛从一个"婴儿"，逐渐发展成为一个成熟的国际组织。

龙永图说，"每年的博鳌年会，我的心就飞往海南岛，飞来博鳌。我坚信，这是一片凝聚友谊和合作的土地，这是一片创造奇迹的土地，这是一片培养现代化、国际化人才的土地。"

2010 年，龙永图卸任博鳌亚洲论坛秘书长，改任咨询委员会委员，同时就任 G20 中心秘书长；2012 年起担任全球 CEO 发展大会联合主席，2014 年担任中国与全球化智库（CCG）主席。

年过 75 的龙永图先生，从来没有真正地退休过，从他代表中国走向世界的那一天起，他的人生，他的命运，就和中国一起，一路向前，永不止步！

《道德经》里说「天长地久」，天为什么长，地为什么久？因为它从不考虑自己的长和久，只考虑如何润泽万物，结果万物都有生命周期，天和地能长和久，因为它从不考虑自己。这就是格局。这种格局就是龙永图心中的大国信仰

春暖花开

"春暖花开，这是我的世界；生命如水，有时平静，也有时澎湃。穿越阴霾，阳光洒满你窗台，其实幸福，一直与我们同在；我的世界，春暖花开。"

一

许多年前，第一次读到《经营的本质》一书，我用"惊喜"二字来形容当时的心情。书中管理知识的专业度很强，虽然读起来有些吃力，但收获颇多，也是从那时开始，我第一次"认识了"管理学教授陈春花老师。

之后，我一口气读完好几本陈老师的管理学著作，也开始关注她的"春暖花开"公众平台，读到她的故事和经历，让我十分"震撼"。陈老师不仅专业著作写得好，她的散文更让人感动，每次读到她的文字，我的心都能安静下来，走进她所描写的意境，感受她所看到的美好世界。

从此，我成了"花粉"，尽管我并不是一个追星的人。这些年因为工作关系，我接触的各行业领袖企业家或学者大咖无数，但陈春花老师是我最敬仰的学者之一，也是我人生的导师和求知路上的榜样。

于是，之后的几年我一直试图寻找各种渠道邀请陈老师，一方面是希望她能指导和帮助深圳的企业家和创业者，另一方面是出于私心，我一直渴望能见到自己多年来的偶像，近距离聆听她的教诲。

终于，这一天来了。

2018 年 5 月，在一次与 TCL 大学执行校长许芳老师的交流中，得知她与陈春花老师是多年搭档，在陈老师担任 TCL 企业战略顾问的 16 年期间，大多数时间许芳老师充当着中间桥梁的角色。

在得知我的愿望后，许芳老师很感动。她说，"下个月陈老师会来深圳作企业调研，我也会陪同，如果时间允许，我尽量安排你与陈老师见一面。"

2018 年 6 月 7 日，在深圳腾讯大厦楼下的咖啡馆，第一次见到陈春花老师。这次见面没在陈老师的行程计划当中，属于"特别安排"，只有短短的 45 分钟时间。为此，陈老师还要牺牲午饭时间，机会实属难得，每一分每一秒对我来说，都尤为珍贵。

见到陈老师的第一感觉是低调谦逊、和蔼可亲。她穿着朴素，长发披肩，戴着一副近视眼镜，面带笑意，俨然像极了我的大学老师。她很亲切地与我握了下手，然后我迫不及地表达："陈老师，我是您多年的粉丝，您的许多故事我都读过。"

陈老师微微一笑，然后很快就提醒我进入正题，她像教授一样地开始问我："昨天许芳老师跟我说了你，也提到你们博商会，我想现在还是由你来正式介绍下你和博商。"

在听完我的介绍后，陈老师表达了她对当前中国企业管理难题和中小民营企业成长瓶颈的看法，也提到她最近研究的"管理整体论"。短短几十分钟的交流，陈老师"字字珠玑"，表达"恰到好处"，没有一句多余的话语，但又让人感觉十分亲切。第一次见到大师，让我感受到满满的"能量"。

交流结束时，我匆忙地拿出了提前准备好的两本书，求个亲笔签名，一本是《在苍茫中点灯》，另一本是《带妈妈去旅游》。陈老师见了很好奇，问我为什么是这两本，因为大多人读的是陈老师管理学畅销书。我回答说，"最喜欢读的是陈老师您的散文，能激励人心。"陈老师再次微微一笑，十分美好。

临走时，我们在咖啡厅合了个影，然后告别，我一直目送陈老师离开，直到她的背影渐渐地从我的视线中消失。此时，我的内心是无比欢愉和满足的。

二

陈春花被称为"集教授、企业家、作家于一体的传奇女性"，而她的成长经历和故事，似乎也充满了传奇色彩。

陈春花的父母是广东湛江人，父亲是地质工作者，因工作关系迁到东北，母亲一路跟着从湛江迁往黑龙江，来到齐齐哈尔，最后定居在一个叫昂昂溪的小地方，而陈老师就出生在昂昂溪。

陈春花性格受外婆和母亲的影响很大。外婆性格十分刚毅，坚持不裹脚，因为她的坚持，最后成功了，也成为那个年代极少数不裹脚的女性。母亲坚强而独立，因为父亲大多数时间在外工作，母亲除了要照顾家中五个女儿，还要外出打工赚取生活补贴。

回忆起母亲在砖窑推土坯的场景，陈春花用"震惊"来形容当时的情景，"六月份的时候，天是很热很热的，然后窑的温度会更热，见母亲使劲地推着一堆堆的土坯，晒得人非常的黑，满头大汗，那是男人才能干的活。"

从那时起，陈春花暗暗发誓要好好读书，用最好的成绩来回报母亲，而后那满满一墙的奖状最能让母亲感到幸福。母亲乐观开放的性格也深深地影响着陈春花，面对生活中的困难、挫折或不确定性时，她都可以坦然地去面对和接受。

成长的历程中，有一位老师影响陈春花的一生，她是初中时的班主任宁齐堃老师。宁老师是哈尔滨师范大学的高才生，毕业后选择到小镇教书，教陈春花时已经40多岁了。宁老师的个子很小，但却总是装束整齐，简陋的课室，在她的字画装裱下，显得诗意盎然。她会带学生们唱歌，组织小乐队；带学生们去郊游；带学生们背古诗词。她让陈春花这个乡下孩子看到了世界的美。

"三年的初中生活让我从一个乡下孩子看到了世界的美，特别是因为老师对自己的偏爱，对于她而言，我几乎是她的期望，对于我而言，她就是我的偶像。老师的荣耀是学生的成就，自己又真的能让她荣耀吗？人需要欣赏和爱，大学开始，所有的努力只为博得老师的快乐，只为向她证明她的眼光没有错，她的付出值得，她有理由证明自己把青春和一生交付给昂昂溪这个小镇是正确的，她的价值无限……"

宁老师的悉心培育和无尽关爱为陈春花打开了一扇窗。陈春花在自述中，很庆幸自己拥有这样一位心灵的导师，老师的教诲影响了她的一生，也是在宁老师的影响下，她立志要成为一名教师。

高中毕业，陈春花考入华南理工大学无线电专业，成为一名工科高才生。大学毕业后，她没有从事无线电专业的工作，而是转行到管理领域，从事管理学的研究和教学工作，如愿以偿，成为一名老师。

"我最喜欢的人生角色是老师，从中学开始，就定下了自己一生的职业，就是当老师。这些年，无论中间社会身份、角色怎么调整，其实当老师这个角色一直都没有变。"

当宁齐堃老师因病辞世后，为回报老师的培育之恩，陈春花通过自己的努力，自掏腰包与齐齐哈尔教育局设立"宁齐堃奖教金"，奖励齐齐哈尔的偏远地区中学老师，每年评选五名。2007年，在宁老师进入哈尔滨师范大学就读50周年之际，以恩师的名字设立"宁齐堃奖教金和奖学金"，鼓励更多的年轻人投身教育。

进入管理学教学工作，另一位影响陈春花的人物是世界管理学大师彼得·德鲁克。阅读德鲁克的著作，让她明确了自己工作的价值，以及作为一名管理学者的使命和责任。

"我常常问自己我可以贡献的价值是什么？"陈春花不断地问自己，并按照德鲁克先生所倡导的那样，深入到企业的实践中，去理解管理的真相，并找到解决问题的办法。

"因为德鲁克，让我更坚定了根植于中国企业的管理实践和研究，因为只有中国的管理者才能够解决中国的管理问题。"

德鲁克成为影响陈春花一生的导师。2005年，德鲁克离世，在得知大师离开的消息后，陈春花发文悼念，表达她对一代管理学大师深深的敬意，文中她称，"大师的著作就像在管理者苦恼不安的生命中点起的一盏灯"。

三

近年来，陈春花的名字被企业界所熟知，与她两进新希望六和集团力挽狂澜、缔造商业奇迹是分不开的。

2003 年，陈春花出任山东六合集团总裁，在短短不到两年时间里，她带领六合团队进行了一场精彩的企业转型与变革，让这家 30 亿元规模的动物饲料公司迅速跨入百亿俱乐部，并且成为行业霸主。

掌舵六合集团的三年里，陈春花仍保留着在华南理工大学的老师身份，每个月和她的研究生见面，指导学生的学习和课题研究。三年任期结束后，陈春花卸任，回到大学继续任教。

2010 年，新希望与六合重组，向陈春花发出邀请，她以当时学校研究工作走不开为由婉拒。2012 年新希望创始人刘永好再次邀请她出山，希望她帮助重组后的公司完成治理结构调整，直到 2013 年六合的管理团队也发出了邀请，她才顺意应了下来。时隔数年，陈春花再次强势回归进行企业战略转型，带领公司保持领先的位置。

陈春花在任期内领导了一场近些年来少有的企业复兴，公司股价比 2013 年增长两倍多。2014 年，公司规模再次突破 700 亿元，重回上升势头，并且获得了超过 20 亿元的利润，这比陈春花上任前增加了 20%。陈春花还给自己定了一个目标，即用三年时间实现集团的战略转型，完成整个团队的打造。三年任期结束，陈春花并未留任，坚决离开，继续回到学校任教。

两次出海，两次缔造商业奇迹，陈春花用扎实的实力排除众议，在不被理解的抱怨里，在抵制者的抗争中，在业绩成效的低迷期执着坚守，最终带领新希望六和完成两次华丽蜕变。

这在中国管理学界是难得的突破。一般来说，从事教学研究的学者或教授，是不会真正地走上企业管理岗位的，尤其是不会去担任CEO的角色，毕竟研究工作和真正的管理实践是有差距的。哪怕是管理学大师彼德·德鲁克，也只是担任多家世界500强企业的管理顾问，而从未真正站上管理者的岗位。陈春花老师两次出海，需要极大的勇气和信心，而且最后功成身退，这是难能可贵的。

当然，管理理论是为了指导管理实践，而管理的实践又反过来丰富了管理理论，使理论更接近于现实，也变得更有指导意义。陈春花老师用自身的实践证明了她多年的管理研究是有价值的，是经得起考验的。

四

陈春花把人生看成是一场旅行，把工作看成是一种修行，她说：

"以前很多人都认为人生是修行，我觉得，人生是修行太苦。怎么修炼自己呢？ 工作就是修行的场所，不要把人生变成修行的场所，我觉得人生应该是旅行。想一想你去旅行的时候，一定是很快乐的，那才应该是人生。你遇到的每一个人，都应该是风景，你遇到每一件事情都应该是美好，这就叫人生。"

在回到新希望六和工作时，陈春花带领团队进行变革与转型，这过程是艰难和痛苦的，但她把这些困难都看成是一种修行，她对自己、对团队的要求非常苛刻，应该说修行是苦的，但修来的成果会让人觉得心安。

春花老师喜欢禅修，禅修的过程，让她在面对挑战和压力时，可以变得不会太焦躁，让心变得安静；禅修的过程，是一个战胜欲望，磨炼心性的过程，也是在实现自我人格完善的过程。

　　"其实禅修并不需要跑到深山老林，也不需要什么都不吃，不需要苦思冥想，其实工作就是修行的场所。"

　　陈老师说，"精进"是达到开悟的办法之一，工作就是要持续完善，在每一天的工作中，努力认真都去做好每件事，如果你能这样要求自己，你就已经在开始禅修了。

　　陈春花老师喜欢旅行，在她的散文中，记录了许多旅行过程中所遇见的美好，以及她对生活的理解和感悟，对人生理想的追求。每年她都会带妈妈和家人认真地度假旅行，这些与妈妈、家人度假的时间，也是她努力工作动力的源泉。

　　"我还是希望自己回归到女性的分工中，而不是在一个竞争环境中去努力。但是我也很清楚自己所承担的责任，因这份责任之故，使得我不能够按照自己想要的状态存在，所以我需要放掉自我，承担责任。完成责任之后，我依然希望回归到自己本来的状态中，离开竞争的环境，融入自然中，看花、看海、看山、看书。"

　　陈春花老师明白了自己内心的渴望，希望成为"自由行走的花"，面向大海，春暖花开。

<h2 style="text-align:center">五</h2>

　　"春暖花开，这是我的世界；生命如水，有时平静，也有时澎湃。穿越阴霾，阳光洒满你窗台，其实幸福，一直与我们同在；我的世界，

春暖花开。"

一首《春暖花开》，歌声激荡在整个深圳宝安体育馆，坐在第一排的春花老师，眼角泛着泪光，歌词仿佛在诉说着她内心的声音。

为了迎接陈老师的到来，我们特别安排了这个节目。2018年9月，在第三届民企盛典的会场，陈春花老师为深圳的民营企业家作了一场关于"改革开放40年企业家精神与价值驱动"的演讲。

90分钟的演讲，4000位企业家，全场的目光始终聚集在讲台上，很多人评价说，"春花老师字字珠玑，全是干货，这才是真正懂我们的老师。"这场演讲是民企盛典两天众多演讲当中最受欢迎的。

这是一个充满智者的年代，我们能够通过各种途径遇到各种智者，就像我们通过作品、通过互联网等途径遇到陈春花一样，这是我们的幸运；而我更幸运的是，不仅在现实中遇见了陈春花老师，还能得到她的指导和帮助，足矣！

此时，我想起了《在苍茫中点灯》中的一句话：持续的管理研究，一方面需要自己不断关注变化，关注企业；另一方面也需要回归本心，需要不断关注自己的内心，关注人性。

未来有太多的不确定性，但是我相信，心向阳光，脚踏实地，持续前行，春暖花开。

「以前很多人都认为人生是修行，我觉得，人生是修行太苦。怎么修炼自己呢？工作就是修行的场所，不要把人生变成修行的场所，我觉得人生应该是旅行。想一想你去旅行的时候，一定是很快乐的，那才应该是人生。你遇到的每一个人，都应该是风景，你遇到每一件事情都应该是美好，这就叫人生。」

——陈春花

和冯仑谈理想

冯仑创业近30年，经历过野蛮生长，却依然理想丰满，他说，理想让他看见了别人看不见的风景。

一

2018年9月10日晚上，我主持第三届民企盛典的私享会，邀请的嘉宾是万通地产的创始人冯仑，对话主题是"谈中国民企的理想与现实"。这是我第二次见到冯仑老师，与三年前相比，他清瘦了些，穿着也更休闲，牛仔裤加运动鞋，感觉生活应该比较自在悠然。

来参加冯仑私享会的有七十余人，有地产界的民营企业家代表，也有多年来受冯仑思想影响的青年创业者。我选择谈民企的理想与现实这个主题，是因为当下受外部经营环境和政策的影响，不少民营企业倍感压力和迷茫，在创业初心与当下生存发展之间徘徊，在理想与现实之间倍感焦虑和困惑。

我们的对话从"谈理想"开始。

冯仑说，理想是人生的一个导航，他谈起当初去海南创办万通的经历，而今创业已近30年，虽然经历过野蛮生长，却依然理想丰满。冯仑将理想比喻成登山，说想登顶的人很多，但走了一段路之后，就剩下一半的人了，再往上走，人越来越少，不知道跑哪去了，最后到了峰顶，就只有为数不多的几个人了。

"理想让我看见了许多别人看不见的风景，理想实现的过程总结起来就是没那么简单。另外，一个理想在长期的发展过程中，真正能坚持理想的人，毕竟是少数，多数人是在理想的过程中，被现实磨灭了，妥协了，放弃了。"冯仑说。

接着，冯仑谈起10年前与王石去戈壁滩的故事，"我们从西安开车一直到新疆，到新疆的时候，突然一下，车坏了，前面那车一下子又走得挺远，那个地方没信号，如果继续开，就有可能油烧完了，什么都看不见，一个参照系都没有，地上全部都是戈壁滩上的鹅卵石，温度之高，很快就可以把轮胎粘到石头；但我们没有办法跟任何人联系，我们就恐惧，越来越恐惧，就开始焦躁，这时候司机自己下了车之后，把门关上，他就在那边转，不断地在地下看，看有没有车的印子，就是车辙，看了以后，他发现有一个车辙，他回来说，也许我们可以冒个险，这个时候他就把车开到那个最新的车辙上面，把它横过来，然后他就说，剩下的事情只能等待，没有任何奢望。"

"然后我们大概等了一个小时，有一个特别大的货车过来了，因为我们挡住了这个车辙，那个大车就停下来，停下来以后我们的司机就写了一个电话，让对方出去以后，打电话给那个人，告诉我们在这儿，让他们来救我们。接着我们又是等待，我们在没有任何方向的地方，生命是唯一选择的时候，信任是最宝贵的。结果我们又等了一个多小时，果然我们的车就过来了，把我们接出去了。"

这件事，让冯仑总结了这样一个道理：什么最恐惧呢？ 不是没有钱的时候，不是没有水的时候，也不是没有车的时候，最恐惧的时候实际是没有方向的时候，当你有了方向了，其实所有的困难都不是困难，理想这件事，就像你在戈壁滩上，突然就找到了方向。

二

对话的第二个主题，我们谈起了"万通六君子"，谈起中国的合伙人制度。

1991 年，海南的经济正遭受第一次低潮。漂泊的岁月中，几位二十几岁毫不相干的年轻人冯仑、王功权、刘军、王启富、易小迪和潘石屹等，从天南海北聚集在一起，共同创立了海南万通，他们就是大家后来所熟知的"万通六君子"。

在第一次界定合伙人利益关系时，六君子采用的是水泊梁山的模式："座有序，利无别"。大家虽然职务有差别，但利益是平均分配的，权力也没有办法详细规定，所有事情都要六个人在场讨论决定。冯仑回忆道："这时情况变得比较微妙，最后谁说了算呢？ 名片、职务不同，但心理是平等的。"

在六人的共同努力下，万通的发展蒸蒸日上，但所谓一山难容二虎，何况是六位饱含激情、才华横溢的蛟龙。随着大家对公司未来路径分歧越来越大，1995 年 3 月，六兄弟进行了第一次分手，王启富、潘石屹和易小迪首先选择了离开；1998 年，刘军转身；2003 年，王功权也最终出走，万通从"六君子"共商天下变为冯仑独掌船舵。而分道扬镳之后的"万通六君子"，也从此开始书写各自跌宕起伏、精彩纷呈的人生。

我和冯仑的对话，从六君子的合伙人制度谈起，冯仑意味深长地做了几点总结：

一是要有主导股东，也就是要有个"老大"，公司发展过程中太多分歧，股权均等不是一种好的机制设计，需要有"老大"来做决定。

二是游戏规则要制定好，尤其是董事会、股东会的表决机制要明确。这里特别强调的是"僵局规则"，西方是生人文化，把坏的事提前讲明白，约定好，剩下的都是好事；中国人是和局文化，只讲好事，不讲坏事，结果一出事就陷入僵局，所以合伙企业游戏规则一定要避免僵局。

三是退出机制要定好，比如计算股价的方法，出价的游戏规则。万通的合伙人分手到后面就越来越理性，大家都明白了退出机制，为了省钱，甚至双方只聘用一个律师。

四是选择合伙人，价值观要一致。所谓的价值观，是对事情的是非对错，要有个判断标准，就如万通公司从创立初始，就明确了"不行贿"的企业价值观，用四个字来形容叫"守正出奇"。

在中国改革开放后的商业史上，万通六君子"以江湖方式进入，以商人方式退出"的事件则成为一段佳话，也是对中国合伙人制度的一次真实、有价值的实践和探索，开创了历史先河。

三

接着我们谈起民企的"生存密码"。中国改革开放已经 40 年，民营企业也有 40 年的历史，但 40 年很有意思，这是中国近 200 年来历史上民营企业最长的一次。

研究民营企业，我们经常会困惑，这个老板很牛，企业很大，为什么突然之间就死了？ 同样在一个行业，做的事也差不多，为什么有的企业活不下去，而有的却过得很好？ 为什么有的企业一开始没人注意，然后突然之间就发展起来呢？

民营企业活下来，并持续发展，到底是做对了什么？ 民企的生存密码是什么？ 冯仑给出一个研究民营企业的三角模型：基因、环境、行为 。

冯仑关于民营企业生存的"三角模型"

冯仑每年要体检两三次，医生告诉他，一个人的健康取决于三件事：基因、环境、行为。从个人的健康问题延伸到企业的生存问题，冯仑认为，民营企业要健康发展，就是这三个因素的综合。

先说基因。作为一个创业者，你的出生、经历、学历、家庭背景，都可能影响甚至决定你对外部世界的看法，也就是你的"三观"。

价值观能引导你做出不同的决策，这也是成功的秘诀。改革开放第一个十年，没有公司法。有些墨守成规的企业老板，在社会打拼吃苦，但是社会基因没改变过，生意就会越做越小。他们的经历经验带来的基因在那个年代是有优势的，敢冒险，能冒险，对金钱和社会地位有渴望，使得他们在第一个十年是成功的，但是不会太长久。

柳传志和王石当过兵，他们的基因里都有正派和正直的种子，他们的创业通过自我成长和蜕变，成为自由人，他们身上那种自我学习能力一直存在，所以他们活到现在。

冯仑说，改革开放第三个十年，有市场经济、有赛场规则。企业家在市场经济这个赛场上是职业选手。现在第三个十年出现的马云等创业者，这些人可以创业成功，说明这个规则是公平的。

所以说，企业家的基因很重要，如果企业出现了问题，应该检讨企业的基因是否有问题。一个民营企业要想健康，得有一个好的价值取向，再不断朝着积极的方向改进组织架构和制度。

再说环境。环境首先是指体制环境，然后是市场环境，另外还有个小环境，就是合伙人团队，这也是个环境。

冯仑剖析，环境出了问题，应对环境的方法就是行为。行为就是你的基因对这些环境的反应以及环境对你基因的改造，最后相互作用就表现为——行为。

我们说基因和环境的相互作用，环境对基因的影响、改变，都会使你的行为发生很多变化。所谓行为的变化，最重要的实际上是老板的行为变化。因为民营企业是资本人格化的载体，公司也都是很人格化的。环境变化，一定会让创业者的基因显现出来。

所以，民营企业家的基因、环境和行为之间的关系，本质上是创业者自身的问题。这让我想起了哲学家苏格拉底的一句话："人生都有苦难，但是所有的苦难，你用什么心情去看它，你用悲悯和绝望的心情，就剩下死亡；你抱有希望和未来，你就会真的有希望。"

四

最后，与冯仑谈人生的下半场。

最近冯仑出版的新书《岁月凶猛》，总结了他30年来的经营与人生经验。手捧着新书，我不经意地问了一句："您对自己人生的上半场还满意吗？"

"谈不上不满意，也谈不上绝对满意，否则就不进步了。"冯仑哈哈大笑，接着说："王石跟我说过咱们都早超出预期了。确实，从赚钱方面早就超出预期了，但从人生梦想来说是没有尽头的。梦想不是计划，梦想就像黑暗隧道里的一束光，你会一直追着跑。现在，中国环境变了，市场经济成为主流，法治环境也确定了下来，从这个角度来说也满意了。"

未来还有许多事情要做，我们在2015年以后也做了很大的改组，把公司重新按照未来十年二十年的规划又作了一次大的重组，从业务模式到组织架构到人员全部折腾了一遍。一个企业你做了25年，然后你把它再折腾一遍，让它年轻一点，把它变得更有活力，再折腾个十年二十年，然后交给别人去做，我看马云很潇洒，二十年就交给别人。总体上，我觉得人生的满意和不满意是相对的。"

冯仑的精彩回答赢得全场的掌声，我接着问，"如果人生可以重来的话，您还会做房地产吗？"

"我还会做房地产，我觉得我比王石更热爱房地产，虽然万通没有万科做得好，但我一直坚持看房地产项目，而王石已经好久不去看项目了。房地产这个事比较适合我，我属于社会人，我读文科的，我对人、对社会、对变革我有兴趣，也不害怕跟人打交道，所以如果再做一遍，还做生意，那我还是会选择房地产这一行业。"

"如果不做生意，我觉得人生有一种角色特别好，就叫知名文化人。知名文化人没有高低贵贱，不用扮演大老板或小老板的角色，而且社会人脉广，说什么都是名言，情感丰富，而且还不差钱，还有各种文艺青年范，所以我觉得知名文化人这一角色挺好的。"

不经意间，冯仑也流露出想当知名文化人的想法，我接着追问："您的人生下半场还有什么理想要去实现吗？"

"我一直对人比较感兴趣，最近也尝试着做一些与人有关系的投资，比如一百万人到火星计划，我们与深圳华大基因合作，准备下个月发射太空基因库，向全球提供服务，为未来的再生或复活准备，希望能创造一些人类新文明。"

"前些天我见了郭台铭，他有一个观点我觉得很有道理，他说人生工作时间最多 60 年，第一个 20 年为金钱而工作，第二个 20 年为理想和责任而工作，第三个 20 年为自己兴趣而工作。所以如果还有下半场，我会更多地为兴趣而工作，我觉得这样的人生会比较开心。"

　　和冯仑谈理想，你会听到许多有趣的段子，也会有十分精彩的故事，但段子和故事背后，常常让你陷入深思，然后你会非常认同和敬仰这位商界思想家对人性的深刻洞察，以及对时代和商业的睿智判断。

　　理想永远是从现实中孕育出来的。因为不满，所以有梦想；因为没有，所以才需要；因为很弱小，所以想强大。所以理想本身就是因为和现实不同，是因为现实当中太缺少的东西，所以我们要经常和理想对话。

冯仑被誉为商界思想家，带领万通前进20余年，守正出奇，践行理想，成为中国房地产的标杆人物，也是很多青年创业者的老师，他的语录被广为流传。

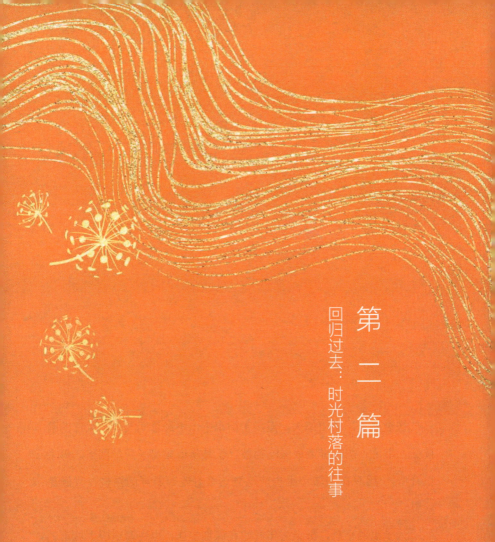

第 二 篇

回归过去：时光村落的往事

百年荔枝树

许多年前的夏天，荔枝成熟的季节，一个纯真的少年，站立在荔枝林下，朗朗的读书声，无忧无虑的笑声，以及守护他的百年荔枝树。

一

快近盛夏，骄阳似火。漫步于街市中，不经意间发现，火红的荔枝又上市了。想起母亲最爱吃荔枝，于是从市集买了两斤回来。母亲很开心，感叹在大城市里也能吃到这么好吃、新鲜的荔枝，我满是欣慰。

为了照顾小孩，母亲去年开始在深圳定居，也逐渐适应大城市的生活。但在她内心深处，时常惦记着家乡的一切，尤其是夏天来临，开始念叨起家乡的荔枝。

在我的童年记忆中，荔枝是很美好的。我的家乡位于潮汕地区一个小渔村，名字叫大澳村，依山傍海，水产丰盛，是风水宝地。村的后山，虽然不怎么高大，土壤也并不肥沃，但却是祖祖辈辈重要的生活依靠。童年的时候，满村遍种荔枝树，蝉鸣荔熟时节，从山下的小

044

路看上去，红红的一片又一片。盛夏火辣辣的天气，后山却有着天然的荔枝树作为屏障，阻挡着盛夏阳光，还有清甜的荔枝可尝。

俗语说，靠山吃山，靠海吃海，我们小渔村很幸运，既有海，又有山。大澳村的家家户户都种有荔枝，有的是祖上传承下来，有的跟村委承包。印象最深的是，我小学的学费，春季靠父母出海捕捞，秋季靠荔枝收益，虽然并不富裕，但生活也没有压力，所以每每回忆起荔枝，心里满是幸福和快乐的。

我们家有 11 棵荔枝树，品种用潮汕话讲叫"乌叶"，其中有一棵"乌叶"是祖上传下来的，听父亲讲有过百年的历史，所以我们称它为"老树"，其余的 10 棵是父母亲种的，称"新树"。"老树"高达十余米，足足有三层楼高，每年都是果实累累，是我们家的"宝贝"；而"新树"结多少果，要看雨水和天气，时好时坏；听父亲讲，"老树"抵抗恶劣天气和虫害影响的能力比"新树"要强得多。

回忆我的童年生活，喜欢在放学时分，背着小书包，来到自家的荔枝林下，拿起书本朗读，清脆的读书声常常吸引着过路的乡邻关注；有一回，农妇牵着一头水牛路过，看着我全情投入地读书，水牛驻足不走，瞪着我许久，然后很不客气地拉了一坨屎。那场景而今回忆起来，十分有趣，满满的童年时光，美好地沉浸在夏日的荔枝林里。

我时常爬上荔枝树，坐在结实的树干上，可以悠闲地享受着夏日时光，随手采摘最新鲜的荔枝；荔枝并不是越红越甜越好吃，而是在它还红中带绿的时候，味道是独有的酸酸甜甜，越吃越上瘾；酸甜可口，那感觉，足可以让我快乐一个夏天。

到了果熟采摘时，让我最感动的身影，是父亲"征服"老树的场景。

在十来米的高树上，父亲采摘技术高超，同时练就一番爬树的好功夫，我一个小身影，站在树底下，默默地抬头仰望着父亲摘果的全过程，那勇敢的背影，多年来常常激励着我，在成长的路上，感恩一直有父亲的鼓励和陪伴。

高中毕业后，我离开小渔村，北上求学。在大学生活的四年里极少吃到荔枝，仿佛它从我身边消失了一样。每到夏天，我时常想起家乡的荔枝树，以及父亲摘果的背影。后来，由于工作原因，我再也没有在夏天荔枝成熟季节回到过家乡，脑海里的印象还是童年时的情景。

二

生活像看电影按了快进键，二十年的时光像几个镜头似的忽闪而过。

三年前，我有机会在暑季回家乡探望亲人，回家路上，想着很快可以见到"梦里萦绕千百回"的荔枝林，心里满是激动。不料，回到家乡，却发现荔枝林没了，取而代之的是一个现代化园林建筑"大澳文化公园"，中间筑立着一尊高高的妈祖石雕像。父亲说，几年前，村政府响应国家建设现代化新农村的号召，筹集资金修建了文化公园，我们家的荔枝林刚好在规划的土地上，于是政府给了补贴，被征用了，我们家的荔枝树也砍掉了，包括那棵百年的"老树"。

我有些失落，久久没有反应过来，也许是那片荔枝林承载着我太多的美好回忆和期待，我一直认为那棵百年"老树"应该是要一代一代地传承下去的……

母亲看出我的伤感，安慰着我说："你爸年纪大了，爬不了那么高的树，没了就没了。妈祖女神会保佑我们，以前我们村只出了你一个高考状元，自从有了妈祖后，这几年又多了几个状元……"

妈祖是东南沿海众人信仰的女神，是历代船工、海员、旅客、商人和渔民共同信奉的神明。她的神话故事被沿海渔民广为传颂，她所代表的大爱和平安也成为沿海地区人们心中的信仰，很多渔民在出海前是一定会拜拜妈祖的。

我们渔村99%的人姓郑，祖谱记载大澳村的祖先是从福建移民至此，是郑成功的后裔。祖上流传着一个与妈祖有关的传说：当年郑成功收复台湾时遇到干旱，妈祖施法使得天降大雨，帮助郑成功度过危机，最终赶走了荷兰人，成功收复台湾。

想到这里，我内心释怀了许多。我想，曾经陪伴我成长的荔枝林虽然没有了，但眼前巍然筑立的妈祖像却成为大澳村民心中坚定的信仰和美好生活的期待。

傍晚时分，落日余晖，我静静地站立在妈祖石雕像下，凝望着她的伟岸背影，她在注视着远方，那是南海的方向，她像是在守护着出海的人们……

此时，我的思绪再次回到许多年前的夏天，荔枝成熟的季节，一个纯真的少年，站立在荔枝林下，朗朗的读书声，无忧无虑的笑声，以及守护他的百年荔枝树。

到了果熟采摘时，让我最感动的身影，是父亲『征服』老树的场景。在十来米的高树上，父亲采摘技术高超，同时练就一番爬树的好功夫，我一个小身影，站在树底下，默默地抬头仰望着父亲摘果的全过程，那勇敢的背影，多年来常常激励着我，在成长的路上，感恩一直有父亲的鼓励和陪伴。

那一代人的爱情

那一代人的爱情，平静、平淡、平凡，却有
着不一样的温暖、明亮和真实。

一

在我的家乡广东饶平县大澳村的后山，在最后保留的一小片荔枝
林里，有一处墓地，里面静静地躺着两个人，那是我的爷爷和奶奶。

我的爷爷在我三岁时因病离世，因为没有照片存留下来，所以长
大后我记不起他的样子。解放战争前，爷爷是饶平县出了名的"绿林
好汉"，经常组织大澳村及邻近乡村一帮吃不饱饭的兄弟，在潮州地
区打抱不平，行侠仗义，劫富济贫，还在日本入侵潮汕地区时，经常
组织游击队偷袭日本鬼子。小时候非常喜欢听父亲讲述当年爷爷的英
雄故事，百听不厌。

奶奶是广东澄海人，毗邻饶平。18 岁时因躲避日军侵略，奶奶与
乡里几个姐妹从澄海步行逃至饶平避难，在老乡的引荐下认识了我的
爷爷。两人虽然年纪相差近 10 岁，但却一见钟情，相识不久便结为夫妻。

那个年代的爱情，简单、朴实、真挚。结婚后，爷爷奶奶共同经

历了抗日战争胜利、国共内战、新中国成立、生产"大跃进"的时代，共度艰难岁月的感情更加弥足珍贵。我的父亲是在新中国成立后出生的，毛主席刚刚在北京天安门城楼上宣布新中国成立，所以爷爷给他取了一个非常大气的名字，叫"郑国家"。

小时候，常常听奶奶讲"借米"的故事。那个年代，对于潮汕地区的普通渔民家庭来说，吃不饱饭是一种"常态"，每次奶奶娘家亲戚来探访时，家中为了能做一餐米饭，奶奶总是要到乡邻那去借米，但又怕娘家人担心，所以借米还得偷偷借，还要假装米仓很满的样子，所以米仓下面会提前放一些旧衣物垫着，上面才是米。奶奶娘家人只要见到米仓满满时，才会安心。

还有"换米"的故事。潮汕沿海，土地贫瘠，那时粮食根本不够吃，但好在靠海，可以捕鱼。为了一家人能吃饱饭，爷爷负责出海打鱼，然后奶奶会背着打来的鱼，去和山里人换米。每次走山路都要走上十来公里，背着重物，来回步行都要一天时间。换来的米，可以让一家人吃上饱饭，还可以归还上借来的米。

奶奶晚年时，每次回忆起这些情景，脸上都洋溢着幸福的笑容。那个生活艰辛的年代，也有无穷的趣味，相守相助的平淡生活中，充满了温情和快乐。

1983年，爷爷病逝，根据他生前的遗愿，百年之后，要与奶奶同葬在一个墓地，相守一生。所以在爷爷走的时候，他的墓地留了另一半的位置。2008年，也就在爷爷离世25年后，奶奶安详地走了，享年90岁。临走的前几天，她一直喊着爷爷的名字，嘴里嘀咕着："你一个人在那里太孤单，我很快就来找你了……"

根据他们两生前的约定，奶奶要和爷爷葬在一起。因为政府规定要火化，为了完成他们的遗愿，奶奶的骨灰，安放在爷爷墓地预留的位置。从此，两人继续相守，在一处安静的荔枝林地，可以瞭望南海的方向……

每次想起祖辈的这段爱情故事，都会让我感动得泪流满面，他们终其一生，守忠守信。我一直被作家考琳·麦卡洛《荆棘鸟》那凄厉的传说深深感动，那是一种心灵的恒久震撼。荆棘鸟，是传说中的一种奇特的鸟，它毕生只唱歌一次，但是歌声却比世界上任何生灵的歌唱都悦耳。它一旦离巢去寻找荆棘树，就一定要找到才肯罢休，它把自己钉在最尖、最长的刺上，流着血泪放声歌唱，直至死亡。

荆棘鸟，这是以生命为代价的歌唱，这是世间最凄美的绝唱，这不仅仅是一种生的态度，更是一种感动天地的爱的方式。也许人间有一种情，一生只能拥有一次，只有在忍受了极大痛苦之后，才能达到尽善尽美的境界。只是今天有多少人会有这样的追求呢？

二

《圣经》有言："有的时候，人和人的缘分，一面就足够了。因为，他就是你前世的人。"读到文坛伉俪钱钟书和杨绛的爱情故事时，我便有这种感受。

1932年3月的一天，风和日丽，幽香袭人。杨绛在清华大学古月堂的门口，幸运地结识了大名鼎鼎的清华才子钱钟书。两人一见如故，侃侃而谈。两人在文学上有共同的爱好和追求，这一切使他们怦然心动，一见钟情。

胡河清曾赞叹："钱钟书、杨绛伉俪，可说是当代文学中的一双名剑。钱钟书如英气流动之雄剑，常常出匣自鸣，语惊天下；杨绛则如青光含藏之雌剑，大智若愚，不显刀刃。"在这样一个单纯温馨的学者家庭，两人过着"琴瑟和弦，鸾凤和鸣"的围城生活。

　　爱女钱瑗出生时，钱钟书致"欢迎辞"："这是我的女儿，我喜欢的。"杨绛说女儿是自己"平生唯一的杰作"。

　　这个三口之家，很朴素，很单纯，温馨如饴，只求相守在一起，各自做力所能及的事……时光静静地流逝着，再美好的故事总有谢幕的一天，杨绛在《我们仨》里写道："1997年早春，阿瑗去世。1998年岁末，钟书去世。我们三人就此失散了。现在，只剩下我一个。"

　　女儿去世时，钱钟书已重病卧床，他黯然地看着杨绛，眼睛是干枯的，心里却在流泪。杨绛急忙安慰他："阿瑗是在沉睡中去的。"钱钟书点头，痛苦地闭上眼睛。

　　怀着丧女之痛，杨绛还要每天去医院探望钱钟书，百般劝慰他，并亲自做饭带给他吃。那时，杨绛已经八十多岁高龄，老病相催，生活日趋艰难。尽管如此，她依旧坚强地支撑起这个失去爱女的破碎之家。

　　2016年5月25日，杨绛走了，一生作品无数，被称为"世纪文豪"。钱钟书曾给了杨绛一个最高的评价："最贤的妻，最才的女"。

　　杨绛曾在她的散文中送给年轻人的几句话："我是一位老人，净说些老话。对于时代，我是落伍者，没有什么良言贡献给现代婚姻。只是在物质至上的时代潮流下，想提醒年轻的朋友，男女结合最最重要的是感情和双方互相理解的程度。理解深才能互相欣赏、吸引、支持和鼓励，两情相悦，门当户对及其他，并不重要。"

　　我想，那一代人的爱情，平静、平淡、平凡，却有着不一样的温暖、明亮和真实；在物欲横流的现代社会，我们是否应该重新思考爱情的意义呢？

也许人间有一种情，一生只能拥有一次，只有在忍受了极大痛苦之后，才能达到尽善尽美的境界。图片为父亲和母亲的背影照。

凤凰山拜佛

"真正成功的人，总是能自己解救自己，自己激励自己。人要先学会度己，方能度人。"

一

小时候，每逢初一十五，总见母亲去寺庙烧香拜佛。母亲偶尔也会带上我，教我如何拜佛，这是一套"复杂"的仪式，我总是记不住，时常会惹母亲生气。

潮汕人拜佛拜神，是一种习俗，也是一种文化。母亲在家时，乡里乡外的佛堂、寺庙、宗祠，过年过节几乎拜个遍，而这份仪式感让她内心无比踏实，在母亲的认知里，拜先人、拜佛祖、拜神灵，是无比崇高而欢愉的事。这份虔诚，几乎是父母这一代潮汕人的共同信仰和精神寄托。

这几年，母亲离开家乡，定居深圳，可以拜佛的地方不多，心里时常挂念。某一天，她问我："深圳哪里拜佛最灵？"我答："凤凰山吧，那里的寺庙和我们家乡的最相似。"

一个周末，我陪同母亲来到凤凰山拜佛，以满足她的愿望。凤凰山位于深圳宝安区福永镇岭下村北，山上有凤凰古庙，又名凤岩古庙。相传很久以前，道士蔡若虚在此潜修得道，士人建庙塑其像供奉于山中。凤岩古庙位于凤凰山区的主体部分，三面环山，一面临海。古庙建造在飞云岭南侧，后背云顶鳌峰，前拥珠江，祥气氤氲，芳林郁郁，龙盘虎踞，确实是一块风水宝地。

从山脚下前往古庙，需要向上走一段石阶，路程不算远，但对于年近七十的母亲来说，也是不小的距离。好在前方有期待，母亲倒是走得快，看我一路慢悠悠地观赏沿途风景，她有些不耐烦，不停地催促我走快点，看天空感觉似乎将要下雨。

山道弯弯，花草娇艳；茂林深处，绿水潺潺。半个多小时过去，我们终于来到凤凰古庙。

古庙左边有"烟楼晚望""鸡心修竹""石乳清湖"；右配"莺石点头""净瓶洒露""长寿仙井"；前可聆听"松径风琴"之韵律，后可览"云顶参天"之奇观。这凤岩八大奇景像众星捧月，紧紧地环绕在古庙周围，山岩上刻满着历代文人墨客的诗词。

资料记载这座庙始建于元代初期大德年间，是文天祥的曾孙文应麟为了纪念文天祥所建，迄今已有600余年的历史了。相传文应麟来此正值岁荒，为便于了解灾情，他在大茅山巅建了一座望烟楼，只要望到无炊烟的村庄，便立即派人去救济。

有一天，文应麟出外查看灾情，走到凤岩，看到这里地势奇特，山岭俊秀，奇石多姿，他便打算在这里建一座庙来纪念自己的曾祖父文天祥。恰好当夜他又做了一个梦，梦见观音菩萨叫他在凤岩建"凤岩古庙"。于是，文应麟便筹资修建了这座庙，一则供奉观音菩萨，二则纪念文天祥。因为这一缘故，600 多年来，远近居民和游人都喜欢到这里进香祈福，庙内香火一直很盛。庙内建有文天祥纪念馆和应麟亭，以纪念文氏先贤。

周末前来拜佛的人众多，也有年轻男女上来求签许愿的。整个景区游人如织，香烟缭绕。见到此景，母亲十分欢愉。

拜佛是一件很讲究的事，仪式感很强。母亲示意我，按照她的指导烧香拜佛，从她极其严肃认真的眼神中，我可以看出她内心的信仰和执念。

"烧香，意思是点燃自己的心香，点灯是点亮自己的心灯，这时就可以得到佛菩萨的加持，使自己得到智慧。烧香可以烧一枝，可以烧两枝，最多烧三枝。"母亲说。

礼拜了大殿内外的诸位菩萨和神灵，走完了一圈，天顿时间下起瓢泼大雨，我们进大殿躲雨。

二

我想起了一段禅：某人在屋檐下躲雨，看见观音正撑伞走过。这人说："观音菩萨，普度一下众生吧，带我一段如何？"观音说："我在雨里，你在檐下，而檐下无雨，你不需要我度。"

这人立刻跳出檐下，站在雨中："现在我也在雨中了，该度我了吧？"观音说："你在雨中，我也在雨中，我不被淋，因为有伞；你被雨淋，因为无伞。所以不是我度自己，而是伞度我。你要想度，不必找我，请自找伞去！"说完便走了。

第二段禅：这人遇到了难事，便去寺庙里求观音。走进庙里，才发现观音的像前也有一个人在拜，那个人长得和观音一模一样，丝毫不差。这人问："你是观音吗？"那人答道："我正是观音。"这人又问："那你为何还拜自己？"观音笑道："我也遇到了难事，但我知道，求人不如求己。"

我想，世人拜佛，拜的是内心的一种信仰。正如这段禅的启示：真正成功的人，总是能自己解救自己，自己激励自己。人要先学会度己，方能度人。

傍晚时分，雨停了，我挽着母亲启程下山，顿时，一切的困惑、苦恼似乎都有了答案。

潮汕人拜佛拜神，是一种习俗，也是一种文化。母亲在家时，乡里乡外的佛堂、寺庙、宗祠，过年过节几乎拜个遍，而这份仪式感让她内心无比踏实。在母亲的认知里，拜先人、拜佛祖、拜神灵，是无比崇高而欢愉的事。这份虔诚，几乎是父母这一代潮汕人的共同信仰和精神寄托。

养育男孩

"对于世界而言，你是一个人；但是对于某个人，你是他的整个世界。"

——狄更斯

一

小的时候，我的父亲总是会给我讲故事，我不明白的地方他会给我解释。我们会绕着大海的浅滩长时间漫步，现在我时常还记起那些父亲给我讲述关于海的神话传说，不过我最喜欢漫步时海风吹过头发的感觉。

一望无边的大海、古朴自然的渔村和勤劳善良的乡民，留给我童年成长的深刻记忆，而那份父亲温暖的陪伴，以及海风吹拂的海滩，让我的童年十分甜蜜美好。

而今，30年过去了，在海的另一边，改革开放的前沿城市深圳，我带着儿子宸宸漫步在深圳湾滨海长廊。驻足在灯塔纪念台，远处是深圳湾大桥，彼岸是香港，远远一望，山、海、蓝天、白云，融合一体；而不远处的观水回廊，蜿蜒入海，犹如海中游龙，景色美极了。

宸宸喜欢看海。记得第一次带他看海时，不满一岁的宸宸十分激动，咿吖学语期的他，见到大海竟然发出"咿呀，咿呀……"的感叹声，一对圆溜溜的眼睛，眨都不眨，久久地凝望着远方的船只。

从那以后，每次晚餐过后，宸宸总会拉着我，恳求我带他去看海；就这样，大手拉着小手，一边走一边看着夜幕下的海。看着、听着海浪拍打岩石，碰出的"啪啪"巨响，宸宸带点兴奋、带点惊恐地，努力用手指着浪花。

三十年前后，三代人，情景是何其相似。我用尽全力搂着怀中的小男孩，想着他终有一天，会成长为一位兼具责任感和顶天立地的男子汉，此刻内心无比宽慰。

二

宸宸七个月的时候"提早"来到这个世界，出生时只有2.3斤，在医院的保温箱整整待了三个月，凭借着顽强的生命力坚持了下来，并健康成长。

四个月大的时候，宸宸来了深圳。对于他来说，这个世界充满无限美好，还在襁褓中的他，使劲地睁大眼睛，观察和感受这奇妙的一切。

我的父母也因此离开家乡，来到深圳定居，照料宸宸。此时的我，身兼儿子和父亲的角色，真正体会到了"中梁砥柱"的责任和压力，这就是过去常听到的"上有老、下有小"，但是感觉很幸福。

每天感受着宸宸的变化，从只会啼哭到开始学会各种表情，学会表达喜怒哀乐，真是"一天一个样"。我的《育儿笔记》记录着每段时间的点滴："他爬、他笑、他摇头、他站起来又一跤跌倒，他眨动着圆滚滚、亮清清的眼睛，我总是目不转睛地看着他的每一个举动。"

这是八个月大的宸宸，能爬行，开始"咿""呀"发音学语；到九个月时，能扶床站立，沿壁扶走。十个月时，口欲极强，任何东西皆送往口中品尝。

刚满一周岁时，宸宸开始成长为家中"小魔头"。比如，把整卷厕纸塞进马桶里，把阳台花盆的泥土塞进我的运动鞋，把一箩筐的玩具汽车推放到睡觉的床上……只要是醒着的时候，他没有一刻可以停下来。真是辛苦了父母，已年近七十的母亲，常常累得腰酸背痛，但每每跟我讲起白天小魔头如何折腾她时，倒是满脸欢喜、"洋洋得意"。母亲用受虐的、抱怨的方式来表达心中洋溢的幸福。

宸宸十四个月时，某天清晨，睡梦中的我被一双温暖的小手抚摸着，突然一个稚嫩的声音将我唤醒："爸爸，爸爸……"

我狂热地拥吻着床边的宸宸，一边像是中了彩票的男人一样扯着喉咙大叫："妈，快来啊，宸宸说话了，说话了，他会说话了……"

因为家里人讲潮汕话，所以宸宸是先学会潮汕话，当然中间还会夹杂着一些我听不懂的"语言"；一岁半的时候，他开始与小区里的小伙伴们玩，某一天见一韩国小朋友在玩球，宸宸看样子很想要那个球，我就鼓励他主动去借球。于是他很勇敢地走近韩国小朋友，用尚不完整的潮汕话跟他说了很多，最后，韩国小朋友居然真的把球给他了。后来他俩成了很好的伙伴，经常在一起玩，虽然每次他俩的交流是一个讲潮汕话，一个讲韩语。

我想，孩子们的世界充满奇妙，他们的交流甚至超越简单的语言，不是我们成年人所能理解的。

三

第一次见到姐姐家养的泰迪狗，宸宸拼命扭着身子、拉长脖子想凑近它，然后用肥肥的小手指着那个神气活现的家伙，问："什么"？

"它叫嘉嘉，嘉嘉……"，姐姐反复地强调。

嘉嘉对这小家伙很好奇，凑到他跟前，用湿漉漉的鼻子闻着他身上的气味，然后使劲地摇尾巴。宸宸很喜欢嘉嘉，每次见到它都追着它玩耍。

此后，宸宸在小区里，见到的任何狗，他都会赶上去追着，"嘉嘉，嘉嘉……"这时我才明白，在他的认知里，四条腿、会跑的都叫"嘉嘉"。

一次，带着他去深圳野生动物园，宸宸见到千奇百怪的动物，他先是发出尖叫声"哇！呀！"然后开始指着它们，喊着"嘉嘉，嘉嘉……"

我在一旁，耐心地跟他解释这不是"嘉嘉"，这是老虎、大象、长颈鹿……

孩子的世界充满想象力，"小宇宙"无限开放，可以接收任何新事物，而父亲的责任就是做好"导游"，带着他一点一点地认识这个世界。

与宇宙惊识的宸宸，不足两岁，却有着十分固执的个性，他很坚决地要知道这世界上所有东西的名字。每天早上起床的第一件事，是打开电视看动画片，不仅自己看，还要求阿公阿嬷坐在旁边一起看，当他发现有不认识的东西时，就会用他肥肥的小手指着问："什么，什么？"

有时候，宸宸从阿公阿嬷那里也得不到答案。阿公很智慧，只要不懂的，统统说是"怪物"。然后在宸宸的世界里，只要没见过的东西都叫"怪物"。

四

宸宸很快就要两周岁了。

一次，我因工作要出差半个月。临行前一天晚上，宸宸看着我收拾行李，大大的一个箱，知道我这次要出远门，他表现得很不开心。第二天清晨，他起得比往常要早得多，就想送我出门，怕我"偷偷跑了"。

拉着行李箱，我抱起他，深深地往他额头上吻了一下，然后拎着行李出门，宸宸坚持要送我到电梯口，目送我。当电梯关上的那一刻，我见他强忍的眼泪终于崩了……

"对于世界而言，你是一个人；但是对于某个人，你是他的整个世界。"我想起了英国作家狄更斯的这句话，是的，在宸宸的眼里，我就是他的整个世界。养育男孩，这样鲜明的记忆，注定将是我一生中最温馨甜美的时光。

半个月后，我出差回来，已是晚上 10 点多，他一直在等待着我的归来。推开门，见到我的第一眼，宸宸说了第一句："爸爸，我爱你！"

那是我第一次听到这样的话，莫名的泪水瞬间忍不住湿润了双眼。

"爸爸也爱宸宸"，我丢下行李，双手将他紧紧抱着。谢谢宸宸，让我学会了表达爱。

回来的时候，我准备了宸宸两周岁的生日礼物，精美的礼盒上有扎得严实的蝴蝶结。当他拿到礼物的时候，按照过去的做法，他会指示阿公阿嬷帮他拆开，可是这次，他却固执地想要自己打开。

蝴蝶结扎得真是紧，宸宸怎么弄都还是解不开；阿公阿嬷在旁边看着着急，一心想帮忙，不料被宸宸拒绝，他这次想要自己解开。

看着小男孩专注认真地解蝴蝶结的样子，我想起了台湾作家龙应台在她的作品《孩子，你慢慢来》中的情景：龙应台在一个节日到一个花店跟阿婆买花，阿婆要把二十几枝玫瑰花从桶里取出，交给五岁的小孙儿，转身找钱去。小孙儿接过花后，很慎重、很认真地抽出一根草绳绑花。花枝太多，他的手太小，草绳太长，小小的人儿又偏偏想打个蝴蝶结，手指绕来绕去，这个结还是打不起来。

龙应台在最后写道："我，坐在斜阳浅照的石阶上，望着这个眼睛清亮的小孩专心地做一件事；是的，我愿意等上一辈子的时间，让他从从容容地把这个蝴蝶结扎好，用他五岁的手指。"

此情此景，是何等的相似，而我的内心是充满感动的。望着眼前这个执着的小男孩，我内心默念着："孩子，你慢慢来，慢慢来，我愿意用一辈子的时间去等待。"

能成为一个父亲可能是我一生中能做的最伟大的事，我不仅能从父亲的角色中得到最大的满足和快乐，更能从中体会到生活的意义和价值。

谨以本文分享郑一宸（宸宸）两周岁成长记忆。

一望无边的大海、古朴自然的渔村和勤劳善良的乡民，留给我童年成长的深刻记忆，而那份父亲温暖的陪伴，以及海风吹拂的海滩，让我的童年十分甜蜜美好。

另一面香港

"用文字去丈量一座城市，可以很肤浅，也可以很深入。"

一

2005 年底，我从港科大毕业。毕业前，我成功面试了一份金融投资的工作，公司在港岛中心区。为了省钱，我选择居住在九龙，临毕业的时候，在牛池湾街市的旧唐楼里租了一间不到十平方米的小屋，月租金不到两千港元，几乎全港最低。

从港科大整洁舒适的海景宿舍楼，到狭小逼仄的破旧唐楼，这种落差让我一开始有些不习惯。唐楼阴暗潮湿，楼梯里散发着破旧的气味，但乐趣是常常可以听见街坊邻居的家长里短。

紧挨着我的邻居，和我共享一道铁门是一个六口家庭，十年前从内地移居来港的客家人，算是"新移民"。因为正在排队等待政府公屋，所以不得不暂时租住在唐楼。

一家人刚开始搬来的时候，是住在一个大房间，里面整齐地摆放着三张上下铺床，拥挤又不方便。后来，在房东的同意下，他们硬生生地在过道里搭出一个小房间，这让本来已经很狭窄的通道变得几乎一次只能一个人通过。

这家人日子过得十分拮据，男主人是个维修工，每天早出晚归；女主人负责照顾家庭，晚上也会在街市的酒楼做杂工，赚点生活补贴。深夜里，隔壁会时时传来女主人对儿子的训斥和叹息，偶尔还会有打骂声将我吵醒。而楼上的一家有两个女儿，爱听 Twins 的流行歌曲，每日快乐地叽叽喳喳。

我的房间很小，小到推开房门，步子迈大点就到床头。十余平方的房间，只够摆放一张上下铺床，上铺用来堆放衣服和日用杂物，床边立着一张小茶几，用来放电视和电脑，而我办公作业或看电视，就坐在睡觉的下铺，一举多用；潮汕人喜欢喝粥，我备用了一个可煲粥的电饭锅，有时间即在房间里煲粥，配点小菜，生活简单而有趣。

我住的唐楼斜对面，是一排简陋破旧的平房，上面挂着"牛池湾乡公所"，但我几乎没见过有人在里面办公。从乡公所开始，是绵延数百米的牛池湾街市。这是一个极富香港本土生活气息的地方，嘈杂而又市井，是与我们所熟悉的购物香港、动感香港完全不同的一个截面。

街市两边小摊杂铺林立，大陆来的小商品满目琳琅，各种蔬菜瓜果价格实惠，十分适合寻常家庭生活；街市两头散落着数家酒楼、茶餐厅，每天清晨五六点，"睡不着觉"的老人开始在茶餐厅品茶吃包点，一边看着新出炉的报纸，一边闲谈着香港的"头条大事"；而街市的酒楼晚上一直营业到凌晨一两点，只为等待深夜晚归的加班族。

每天下班后，手拎公文包、一身西装革领的我，会在街市买水果和茶点，偶尔也会在茶餐厅点上一份快餐；虽然看上去我有些与街市的风格迥异，但内心依然喜欢这种市井生活。

每天五元港币买来的当天报纸，成为我上班路上的"陪伴"。每个月我会把看过的报纸杂志用一个手推车送去收废报纸的回收站，去换十几元的周末下午茶。我曾经很自豪地跟那些在投行工作、在中环穿行的精英朋友说，我了解香港废品回收的所有细节，而引来他们的一阵嘲笑。

在香港工作的三年里，我每天往返于港岛中环和牛池湾街市，一面是充满朝气、高楼林立的国际金融中心区，一面是破旧零乱、嘈杂市井的街市生活，我仿佛每天在两个不同的时空穿越。

二

很多人第一次走入牛池湾街市会感叹：很奇怪，一走进这里，就仿佛回到了过去的年代。街市的朴实，商业形态依旧"老"姿态着，却也给香港这座城市，留下了年代的"缩影"。

木质的店门、没有隔层的室内、外放的货位、吆喝的叫卖……没有时尚化的外饰和灯红酒绿式的内容，自成一派地留住了年代感。

沿街摆摊的陈氏阿嬷，在这里生活了半个多世纪，她手工制作的"陈氏年糕"远近闻名。香港人不大喜欢糯米，因此过年所蒸的年糕，一定是以粳米粉为主，有时掺和少许糯米粉；陈阿嬷制作的年糕，粳米粉与糯米的比例、红糖与蔗糖的搭配，可以说是恰到好处，色泽鲜艳，十分有嚼劲，可口又不腻，逢年过节，很多人慕名前来街市，只为买到两块陈阿嬷亲手做的年糕。

听街坊说，早年陈阿嬷家日子过得清苦，靠卖年糕把三个儿子和两个女儿养大，还供他们上大学，后来大儿子成为香港特区政府的高级官员，陈阿嬷的儿女早已搬离牛池湾，进入香港的"精英阶层"；而陈阿嬷坚持住在牛池湾破旧的唐楼，继续摆摊卖她的年糕，她的固执让儿女们不能理解，但她常常对街坊说，"只有一直制作年糕，才能让我找到快乐的感觉；如果我搬离这里，很多人就买不到我的年糕了。"

街市的故事一代人又一代人地口口相传，而我作为这座城市的外乡人，因为在这里三年的工作，让我有机会真正生活在这里，了解这座城市不为人知的烟火生活，也更能理解另一面的香港。

牛池湾街市是香港的老街区，过去十余年，政府一直想对老街进行拆迁改造。有一群老人，他们一辈子都住在这儿的唐楼里，一辈子都在自己一套固有的轨道里生活。每次政府要拆毁他们的房屋时，他们都会力以抗争，所以至今依然保留着他们生活了一辈子的温情环境。

文化研究者阿巴斯曾将香港形容为一个"消失的空间"。自20世纪70年代起，香港开始进入一段经济高速发展的黄金期，随着密密麻麻紧挨着的高楼大厦的兴建，许多老旧建筑被拆了，伴随着消失的还有街坊故事，以及殖民地的荣光回忆。

三

电影《春娇与志明》里，张志明最爱吃车仔面。因为爱，春娇从香港到北京快递了一碗车仔面，这是电影里的情节。在香港，一碗车仔面，几十秒就能诞生，车仔面档更是藏身香港的街头巷尾，是港人钟情许久的本土味。

在牛池湾街市的尽头、彩虹邨的正对面,有一家开了三十余年的老字号"许记车仔面",招牌已历经数十载的风雨洗礼,字迹部分脱落且锈迹斑斑,难以辨认,足见老字号年代的久远。

这家车仔面是一个夫妻档,男主人叫许松春,女主人叫杨细珠,来自广东揭阳,是一个村里一起长大的,可称得上"青梅竹马"。1979年,刚满 18 岁的杨细珠申请来港,成为她伯母的"继女";年轻气盛的许松春,为与杨细珠相聚,三次偷渡香港都没能成功;1981 年,两人正式登记结婚,许松春申请合法来港定居。从此,夫妻俩开始了守望相助、奋斗拼搏的旅港生涯。

"同处海角天边,携手踏平崎岖",这是描写那一代"港漂人"以香港为家、共建香港的坚韧情怀。

来港之初,谋生困难,许生夫妻便在黄大仙片区做起流动摊贩,在自制的木头车中放置金属造的"煮食格",分别装有汤汁、面条和配料,车头插上显眼招牌"许记车仔面",因口味鲜美,价格"平",所以生意红火,这让他们来港后的生活开始有了着落。

因没取得流动摊贩的牌照,许生经常要躲避警察的排查,有时会被追赶跑了几条街,甚至连木头车都不要了,因为罚金远比木头车的制作费用高。数年的流动作战,许生赚到了来港后的第一桶金,后来因缘巧合,在牛池湾承租下现在的小铺,后来房东老爷病逝,因膝下无儿无女,临终遗嘱干脆把店铺转赠许生。

许生夫妻是典型的潮汕人,勤朴耐劳,起早贪黑,夫妻一心,没日没夜,车仔面的生意也一天天地好起来。这个不足二十平方米的车仔面小店，养活了许生一家五个子女。

许生精心研制了汤底，清甜可口；还发明了许记独家酱料秘方，味道十分鲜美；招牌生炒沙嗲鱿鱼，鱿鱼弹牙爽口，沙嗲味渗入了鱿鱼的每一个部分，香味浓郁，至于车仔面本身，面条非常爽滑，隐隐含着鱼蛋的香味。

每到正午时分，彩虹邨穿着中学校服的学生，排着数十米的长队，只为等待一碗香喷喷的许记车仔面。因小店座无虚席，很多人干脆站在街边"立食"，这成为每天牛池湾街市的一景。

这份经典的味道，成为许多人成长的回忆。三十多年来，"许记车仔面"闻名遐迩，许多人慕名而来，这里面有不少香港 TVB 的明星，还曾吸引香港前特首的光临。

20 世纪 80 年代起，香港的金融和服务业迅速崛起，香港摇身一变进阶成为国际金融中心，股市楼市成为香港经济的两大支柱，连带着吸纳了很多人投身金融、期货、地产行业，很多人一夜之间发了财，香港进入了闪闪金光的燥热时代。而许氏夫妻"两耳不闻窗外事"，纵然外部风云变幻，夫妻俩始终坚守着他们的车仔面，数十载如一日，简单、乐观地生活着。

四

我与"许记车仔面"的缘分，始于 2004 年。那一年我刚入读港科大，每次从彩虹地铁站转搭科大小巴，中间会途经牛池湾街市。一次偶然机会，我被"许记车仔面"所吸引，品尝一次后就爱上车仔面。

因为同是潮汕人，许生夫妇爱听我讲这些年家乡所发生的变化，而我也从他们的故事中，读到了那一代人在香港艰难求生的奋斗旅程。了解愈深，共同话题多了，许生夫妇竟主动提出认我作他们"契仔"，就是干儿子的意思，而我也欣然接受。

从此，我与香港，与牛池湾街市，与许记车仔面便结下了一生的缘分。2005年下半年毕业的时候，我住到了牛池湾街市的唐楼，闲暇时常常到店里帮忙，收档后陪契妈契爷泡潮汕工夫茶，听他们讲香港故事，而这些故事让我有机会真正地去理解这座城市的肌理和脉络，以及居于其间的感动。

2007年底，我离开香港，回到了深圳工作。契妈契爷虽然不舍，但终究理解支持我。之后，每隔一段时间，我都会回到牛池湾街市，只为陪他们聊聊天，帮契妈洗洗碗，然后美美地享受一碗许记车仔面，那是幸福的味道。

用文字去丈量一座城市，可以很肤浅，也可以很深入。时至今日，我常常怀念那段朴素而美好的香港生活，怀念那久违的唐楼、街市和车仔面。

每到正午时分，彩虹邨穿着中学校服的学生，排着数十米的长队，只为等待一碗香喷喷的许记车仔面。

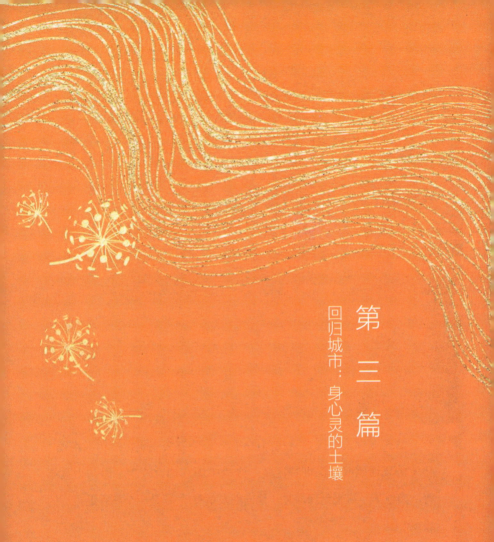

第 三 篇

回归城市：身心灵的土壤

全球视野下的"深圳奇迹"

"改革开放 40 年，中国最引人瞩目的实践是经济特区。全世界超过 4000 个经济特区，头号成功典范莫过于'深圳奇迹'。"

——英国《经济学人》

一

站在深圳南山区高科技园区内 28 层的办公室里，法国人洛朗·勒庞由衷地感叹，深圳特区是一个"中国式的奇迹"。而在十几年前，当他第一次来到深圳时，他向朋友解释"那是一个离香港很近的城市"。

过去，有人描述硅谷时说，"这里，就是未来"，而今，许多人提起深圳，会说，"深圳，这里是中国的未来"。

对比硅谷和深圳，似乎有许多地方莫名的相似。深圳是引领中国创新的城市，而硅谷是引领全球科技创新的"圣地"。这两个地方最大的相似点，就是"移民"数量远远超过了原住民。

那么，"移民"是否等于"创新"呢？我对这个问题一直很感兴趣，从硅谷和深圳的发展数据看，"移民"与"创新"呈现出非常明显的正相关性。

硅谷从 20 世纪 60 年代开始，逐渐发展成为全世界著名的创业、创新圣地。从 20 世纪 80 年代开始的新一轮产业革命，就是由硅谷发动的，到目前为止，它一直引领着世界科技创新的趋势。这块位于美国加州旧金山湾区的狭长地带，无疑是这个星球、这个时代最伟大的创新中心，甚至不断改变着整个世界。目前针对硅谷企业的投资几乎占到全美吸引外国投资总额的一半。世界前 20 个估值达到 100 亿美元的创业公司中，超过八成来自硅谷。

很多人将硅谷的成功总结为是因为有斯坦福、伯克利这样的有创业基因的大学，还有人认为加州政府的政策和引导，以及相对宽松的法律体系有助于创新型企业成长，另外硅谷聚集了充沛的风险投资资本。 但归根到底， 硅谷成功的最重要原因是这里聚集了来自全球的"移民"，也就是全球最顶尖的人才。

在硅谷，你能看到全世界各个地方的精英在这里创业。到谷歌等公司的食堂去看一看，发现他们的饮食体现了这样的特征：印度的咖喱饭，中国的面条、饺子，东南亚的各种餐饮，都可以轻易找到。

同样，在改革开放初期，新移民创造了深圳这个城市，曾经的"深圳速度"让全国人民惊叹。但在 20 世纪 90 年代末到新世纪初这一段时间，深圳外来移民的数量减少，人口结构相对固化，深圳的发展也一度陷入低潮，以至于网络文章《深圳，谁抛弃了你》发表后引起全民大讨论。而最近十年，由于在产业结构转型中早走一步，更多的年轻人、更多的创业者开始大量涌入深圳，使得深圳再一次成为充满活力的创新引领者。

那么，"移民"是如何造就城市创新的？

以色列学者裴德·马特拉斯曾说："都市化在很大程度上是一种移民现象。"正是移民的艰苦奋斗和辛勤劳动，创造了移民城市发达的商业文明和独特的人文风貌，形成了移民城市特有的文明形态。

首先，移民城市的文化是一种"异质性"文化，具有很强的包容性。由于现代移民来源复杂，这些移民有各自不同的出身背景、风俗传统、生活习惯、伦理观念和教育经历等，表现出来的喜好甚至价值判断都不尽相同，这就使得移民城市的文化呈现出明显的异质性。

于是，"求同存异"成为移民城市的重要文化特征。

其次，移民城市的文化是一种"生成性"文化，具有很强的开放性。移民从四面八方涌向一个新的城市，或聚集到一个新的地方形成城市，对他们来说，这就意味着一切要从零开始。从文化方面来说，就是移民秉持一种精神，到新的城市经受打磨，伴随着淘汰、转换、更新、发展，从而培育出新的文化。

因此，移民城市的文化也是因其开放性而充满活力、吐故纳新的文化，具有极强的生命力。

然后，移民城市的文化是一种"革新性"文化，具有很强的创造性。当代移民大多是在自由选择的情况下主动成为移民的，移民前往新的城市，是为了获得更大的发展和成就，从而实现自己创造财富、贡献和改造社会的理想和抱负。

深圳是改革开放的特区，有特殊的政策、特殊的机制，也有特殊的挑战。来到深圳的创业者中，绝大多数是不满 30 岁的年轻人，他们的身上有一种不安现状、不甘平庸、勇于探索、勇于开拓的精神，这种探索开拓的精神本身就是一种创新精神。

从某种意义上说，深圳也好，硅谷也好，它们是被"设计"和"创造"出来的。

二

2019年2月的一天，我与几位友人来到位于深圳湾畔的人才公园。

漫步于人才公园，蓝天碧海相衬，鲜花绿草为邻，春笋地标伫立于旁，深圳湾公园相伴于侧，科学的规划与合理的布局，将市政公园与时代气息完美结合在一起，把美体现得淋漓尽致。置身于公园中，时时都能感受到现代化的气息，似乎时刻在告诉着我们，深圳日新月异的变化。

这是全国唯一以"人才"为主题进行设计和开发的公园，从"人才赋予公园灵魂，公园彰显城市精神"的理念出发，公园的设计处处体现着深圳这座城市对人才的包容与厚爱。

位于公园内湖中心区，一块纪念石碑横着屹立于中间，上面刻着"创新驱动实质上是人才驱动"这句话，也烙印在深圳这座城市的气质里。

公园东侧是横跨湖面的人才星光柱，以纪念深圳改革开放40年引进的国际专家学者或做出杰出贡献的人物，其中有诺贝尔奖获得者，有中国科学院或工程院院士，也有知名的企业家代表如马明哲、马蔚华、王石等。人才星光柱密密麻麻地布满星光桥及延伸区域，足足有近300根柱，已题名上榜的有近百人，余下的星光柱正等待着"未来的人才"。

公园北侧是人才雕塑园，记录并展示了深圳40年改革开放的伟大历程，以及深圳人才的奋斗史、发展史。其中，"拓荒者"指20世纪80年代第一批南下深圳的建设者，以基建工程兵为先导的大开发、大建设的拓荒人才；"弄潮儿"，是在90年代全国掀起的"下海潮"，大批来深的草根创业者。"鼓励创新，宽容失败"八个大字刻于其下，是深圳对于创新者的高调承诺；"鹏城丽人"指企业的职业经理人和白领阶层，代表着专业、尽责和上进，他们在深圳挥洒青春和智慧；"外来妹"是一个不太体面但却十分接地气的称谓，指流水线上的技能型人才，万人空巷的电视剧《外来妹》记录和反映那个时代，她们为特区的发展做出了不可磨灭的贡献。

蓝天、白云、湖海、春笋，象征着这座生机勃勃充满活力如日中天的年轻城市……

在中国，无疑没有一座城市像深圳如此重视人才。解码深圳40年所创造的社会经济发展的奇迹，人才是第一要素。

三

当然，也有人说："所谓的深圳奇迹，就是集中全国之资源、资金和人才建设一个新城，没有什么值得骄傲的。"

我承认，深圳是幸运的，深圳是被"设计"出来的；然而"幸运"的背后，这座年轻的城市已然形成它所代表的深圳精神——开放、包容、学习、创新，这种城市精神已内化为无形的城市文化和商业力量，推动着这个城市保持更加旺盛的生命力，也代表着当代中国城市的未来力量。

　　也有人说，深圳是一个过分"现实"的城市，只有原住民、社会精英和成功的企业家才是这里的主人，而外来的打工族则挣扎在城市的边缘，住在脏乱逼仄的城中村，拿着几千元的微薄工资，永远都不可能买得起房。多少人来了又走，走了又来，却始终无法爱上这座城市，"来了就是深圳人"这句口号曾经伤了多少人的心。

　　记得很多年前，一位来自东北、参与深圳特区建设二十余年的企业家告诉我："深圳，第一年你恨它，第二年你开始理解它，第三年你有点喜欢它，第四年你爱上它，第五年你再也离不开它。"

　　相信来深建设和创业的人会有同感：深圳是一个需要慢慢去"品味"的城市，如果你待的时间不够长，或者你的努力不够多，你是没有资格去评价它的。

　　一个城市的社会结构和人口组成，就像是一个生态系统，必然由不同背景、不同专业、不同能力的人群组成，分工不同、责任不同、贡献不同，社会财富必然会有差异，这都是常态。

　　"无梦想，不深圳"，这或许是更好的解释。每当出差回到深圳，呼吸着深圳清新的空气，我都会感觉这辈子也许真的离不开这个城市。这里，必将带给年轻的奋斗者无限想象的空间和创造的可能性！

来到深圳的创业者中，绝大多数是不满 30 岁的年轻人，他们的身上有一种不安现状、不甘平庸、勇于探索、勇于开拓的精神，这种探索开拓的精神本身就是一种创新精神。

下一个硅谷

深圳是一片神奇的土地，一颗种子撒播在这
里，数年之后就可以长成参天大树。

一

2019 年 2 月 18 日，中共中央关于《粤港澳大湾区发展规划纲要》正式发布，这是具有重大历史意义的里程碑事件。在谈到深圳的定位时，《纲要》明确提出"深圳要努力成为具有世界影响力的创新创意之都""打造在全球具有影响力和竞争力的电子信息等世界级先进制造业产业集群"。

刚过春节的深圳，福田区一座高楼内，曾任美国能源部国家实验室终身研究员的国创新能源研究院创始人茆胜博士说："我和两位欧美科学家 4 年前来深圳创业，现在我们创新创业团队已有 400 多人，核心成员一半是西方人。"

深圳市深南大道和上步中路交接处，有一座闹中取静的白色"八角楼"式建筑——深圳科学馆。走进科学馆，发现这里俨然是一座深圳国际创新驿站——从视觉人工智能公司到锂电池实验室，已有约 30

个海外归国创业团队在此落脚，又从这里走向世界……

"八角楼"，正是海归创客纷纷"飞"入鹏城的缩影。研发出全球最薄柔性显示屏的柔宇科技迄今申请和授权发明专利超过500件，成为深圳高科技的一张名片。

"柔宇最大的资产是人，是团队。"创始人刘自鸿说，自己和斯坦福校友余晓军、魏鹏归国创业，得益于深圳2011年起实施、专门引进海外高层次人才团队的"孔雀计划"。"政府给政策，给补贴，给资源，我们已经从3个人变成了超过2000人的国际化团队，成员来自20个国家和地区！"

根据《深圳人才政策》显示，深圳人才总体目标是：到2020年，深圳市将集聚海内外院士、诺奖得主等杰出人才100名左右、战略科学家、战略企业家、战略投资家等顶尖领军人才100名左右、海内外高层次人才超过1.5万名、高层次创新创业团队超过200个、留学归国人员总量12万名。到2030年，科技人才队伍整体创新能力比肩硅谷，建成"全球科技创新人才高地"。

不拒众流，方为江海。深圳，因移民而起，因人才而兴，因创业而盛。风从东方来，未来在闪光。深圳作为粤港澳大湾区的桥头堡，正向全球顶级科技人才敞开大门。

二

2019年央视春晚深圳分会场，柔宇科技最新产品——由400片超薄高清柔性组成的"柔树"首次公开亮相，在整场晚会稳居C位；而采用960片柔性屏的30套柔性屏服装"柔衣"也闪耀亮相歌舞节目中，柔宇科技再次向全球观众展示了"创新之城"深圳的科技实力。

柔宇科技的创始人兼 CEO 刘自鸿生于 1983 年，成长在改革开放后中国经济崛起的年代。17 岁以江西省抚州市高考理科状元的身份考入清华大学电子工程系，23 岁清华硕士毕业后赴美留学，不到 3 年时间便拿下斯坦福大学博士学位。

在美国陌生而新奇的环境里，刘自鸿时常躺在斯坦福大学的草坪上，漫无边际地畅想未来："当时我在想，一定要做一件能持续很久、伴随人类发展的事。"

"人类的信息输入方式，70% 依靠视觉。为什么所有的显示屏都是方方正正？能不能像纸一样薄？"刘自鸿在草坪上躺着突发奇想，如果屏幕可以弯曲折叠呢，如果大显示屏也可以轻便携带呢？

他对斯坦福的教授说了自己的想法，教授听完惊喜地说："第一次见到有学生自己报给我课题的，你可以写一页纸的研究规划。"教授是前德州仪器高级副总裁、首席技术官，拿着那一页纸咨询了很多工业界的朋友。而刘自鸿只凭借那一页纸，斯坦福的研究经费就很快批了下来。

2009 年，刚拿到斯坦福博士学位的刘自鸿选择先到 IBM 工作。2012 年，辞去 IBM 工作后，他专程到北京、上海、苏州、深圳等城市转了一圈，深圳的创业环境和包容开放的创新活力深深吸引了他——"这里分明就是另一个硅谷。"

三

"论风险投资对创新的支持能力和敏锐度,深圳的投融资体系可以跟硅谷相媲美,不仅专业、投资能力强,而且国际化,某些方面甚至比硅谷做得还好。"刘自鸿如此评价。

应该说,深圳市政府从一开始就关注柔宇的创始人团队:他们三个人,世界顶级的科学家,中国最优秀的人才,放弃了美国最好的工作来到深圳,心中必有宏大的梦想。

在公司创立之初的两年里,柔宇在中国科技界默默无闻,团队在研发过程中一直保持沉默。刘自鸿相信行胜于言:"对于外界的杂音倒不必太在意,我们只需清楚我们的技术和优势。我们在大概两年的时间里,基本没有发声,只安静地专注于自己的研究。"

"成功的企业建立于开放却未知的秘密之上,这秘密关乎世界如何运作"。美国风投教父、畅销书《从0到1》作者彼得·蒂尔在书中写道,"人类之所以有别于其他物种,是因为人类有创造奇迹的能力,我们称这些奇迹为科技。"

2014年,柔宇一举研发出了全球最薄的柔性显示屏,厚度仅为0.01毫米,立刻成为全球科技工业界的关注焦点,可以说是"一鸣惊人"。

这是柔宇的标志性事件,是从0到1的创造,刘自鸿形容这一过程像是进入"无人区探险",十分孤独。这次发布,对于柔宇团队带来了很大的改变,好像柔宇一下子被推到了快车道。

完成了从0到1的关键性阶段后,柔宇接着要做的是从1到N的发展。"今天很多产业里，大家关心的第一件事情是这个 N 到底有多大，每个人都在关心你的企业的 N 有多大，你的规模也好，你的销售额也好，你的量产能力也好，但是很多时候我们忘了这个 N 是怎么来的，我们从 1 到 N 很多时候是通过加钱，加人，加管理能够做出来，这是一件很重要的事情，但是这个 1 如果不是我们自己的，这个 1 如果是从外面搬过来的，你很多时候会发现一个企业看起来规模很大，但就像一个纸做的风筝，看起来飞得很高，但下点雨很容易就趴下。"

曾经有一段时间，外界一直在质疑柔宇的 N 到底有多大，会不会只是一个概念，柔宇到底能带领这个产业走多远？ 质疑声音不断，而刘自鸿很清晰自己在做什么，他花了大量时间在把"1"做实。

2017 年的时候，柔宇又发布了"柔性 +"的平台，就是把柔性显示、柔性传感做成标准的技术解决方案，跟各行各业进行结合，创造全新的产品和用户体验。

2018 年 5 月末的深圳，刘自鸿翻开手机，群里在一线负责产线试运行的同事发来一条信息，用短短三四行文字告诉他，整条产线第一次试运行状态良好，第一片柔性显示屏顺利下线。刘自鸿很动情，他随即回复道："我非常激动"，配上了一个流泪的表情。

刘自鸿用了足够长的时间等待量产这一天。"这个东西我们等了太多年，当它真的实现的时候，那种感觉无法形容，没有任何东西能比那种感觉更快乐，真的很激动！"刘自鸿难掩内心的兴奋。

同一年，柔宇科技完成了 E 轮融资，成为估值超过 50 亿美金的"蓝血独角兽"企业，坐稳全球柔性显示科技头把交椅，引领国际柔性显示和柔性电子新潮流。

在商业世界里，"蓝血"指的是那些通过极致创新、超强执行力和深刻洞察力，从零起步登上商业金字塔的创业英雄。此时的柔宇，在繁密的商业丛林中发现新的蓝海，并成为行业的定义者。

四

"深圳和美国硅谷的共同点在于都有开放多元的移民文化及活力四射的各种环境，来自不同地域、不同背景、敢闯敢试的人聚集起来，碰撞出创新的火花，这是很多城市所不具有的特征。"

刘自鸿总是喜欢拿深圳与硅谷对比，他同时看中的还有深圳的产业配套。柔宇科技涉足的产业，从基础材料到电路等，都需要相关的配套产业来支撑。产业配套齐整才能保证新技术、新产品能顺利从概念设计过渡到量化生产，而深圳积累了很多电子产业链上的资源，在全世界来说也是首屈一指。

可以这么说，刘自鸿选择深圳，是明智的，更是幸运的。柔宇科技从诞生之日起，伴随它成长的是不断出现的质疑声音，而刘自鸿选择隐忍，并且一路坚持了下来，这当然有他及团队坚毅的一面，但更重要的原因是深圳这座城市极度包容的一面，才让柔宇走到了今天。

事实上，深圳市政府一直在中间充当协调人和支持者的"角色"，包括银行信贷、风险投资、专家人才认证，甚至是产业园的规划落地。当媒体及外界以各种理由质疑刘自鸿的时候，深圳市政府选择相信柔宇，这或许是因为深圳和中国的改革开放也像这样，是在各种质疑声中走过来的。

此外，柔宇科技还充当着一个重要角色——深圳产业更迭、升级的试验者和开拓者，哪怕最后倒下了，深圳依然有理由理解和接纳最后的结果，毕竟这座城市非常重要的精神是"宽容失败"。

至于柔宇和刘自鸿未来的命运如何，我们现在还无从下定论，但既然柔宇选择了深圳，而深圳相信了柔宇，我们应该祝福这一段"缘分"。

我选择相信深圳，成为下一个硅谷，也选择相信柔宇，成为下一个改变世界的力量。

后记：在与刘自鸿的接触中，有时感觉他沉默寡言，有时又会滔滔不绝，有时感觉他有些冷酷，有时又发现他很疯狂。刘自鸿常常用《阿甘正传》中坚持不懈努力的阿甘来激励自己，他说，正是阿甘精神让他和柔宇走到了今天。

对于外界称他为"少年天才"的说法，刘自鸿笑着否认，他认为自己目标感极强，总是能高效率地将一天时间当两天用，这是他只用一半时间完成学业的原因。美国硅谷的企业成长为独角兽的平均时间是 6 年，而柔宇只用了 3 年时间，这种效率与速度刚好与深圳这个城市不谋而合。

在商业世界里，「蓝血」指的是那些通过极致创新、超强执行力和深刻洞察力，从零起步登上商业金字塔的创业英雄。此时的柔宇，在繁密的商业丛林中发现新的蓝海，并成为行业的定义者。

『深圳和美国硅谷的共同点在于都有开放多元的移民文化及活力四射的各种环境，来自不同地域、不同背景、敢闯敢试的人聚集起来，碰撞出创新的火花，这是很多城市所不具有的特征。』

时代的"弄潮儿"

深圳，因为幸运成为时代的"弄潮儿"，而无数的来深建设者和创业者，因为他们的努力和拼搏，也注定成为时代的"弄潮儿"。

一

20世纪80年代初，世界开始真正的全球化进程。此时，中国百废待兴，不仅与世界先进国家有巨大的差距，就连与一河之隔的香港也存在极大的差距。在此历史时刻，邓小平审时度势，认为只有改革开放，共和国才能看到希望的"春天"。

因为毗邻香港，深圳成为中国第一个"经济特区"，命中注定要成为一个开创中国新时代的"弄潮儿"。21世纪初，当人们回首和总结中国经济特区30年的发展里程时，发现五大经济特区中只有深圳发展得最好。

很多学者在研究为何中国的经济特区中只有深圳真正"崛起"，各方观点不尽相同。我认为除了地理优势及作为第一个经济特区的政策优势外，深圳成功最重要的原因是持续吸引并留下了大批的建设者和创业者，并主动接受变化和不断调整产业结构。

深圳特区成立不久，很快便打破了从前依靠外贸出口的产业格局，在继续发展劳动密集型产业为主体的"三来一补"工业外，开始和中国科学院合作发展技术密集型产业，从此开始了崭新的发展。

20世纪80年代，深圳建立了第一家中科院与地市合办的深圳科技工业园，科技园在建设早期一时间成为国内各地建设高新技术园区的蓝本，并在90年代成功举办了中国国际高新技术成果交易会。1992年邓小平第二次到深圳后，深圳又开始了新的腾飞，迎来了二次创业时期。这个时期，深圳主要进行了一些自主创新、加工贸易转型和城市升级。

20世纪90年代开始，特区经营模式再次发生了变化：一是科技进步已处于十分重要的战略地位，高新技术产业开始快速发展，替代一部分"三来一补"产业，淘汰一些劳动密集型和"三高"企业；二是确定第三产业的支柱性战略地位，科技、管理等人才的培养，金融、贸易、中介、服务、交通、信息等产业快速发展，也为科技和金融的产业整合提供了良好的环境。

这个时期，深圳涌现了大批建设者和创业者，他们在为深圳的发展贡献力量的同时，也成为时代的"弄潮儿"。

二

1996年6月，中专毕业的郭晓林刚满十八岁，他背上简单的行李，和几个同学从绵阳出发，长途跋涉来到深圳，站在南山白石洲的街头。

个头不高、长相青涩的郭晓林，在人群中并不显眼，初来深圳，郭晓林就面临着两个选择：一个是一家电子厂的流水线工人和技术员，月工资八百元；另一个选择是模具厂当学徒，给予全面学习的机会，包吃住一个月再补贴一百元。

郭晓林很快做出决定，他放弃了八百元月薪的工作，而选择了只有一百元补贴的模具学徒，在他看来，学好一门技术更有前景。

这一天，郭晓林被安排在十几个人住在一起的农民房。六月的深圳十分热，宿舍空间狭小逼仄，郭晓林彻夜难眠，索性一个人坐在集体宿舍的顶楼，吹着凉风，望着星空，心里想起了《了不起的盖茨比》中的一句话："世界不会在意你的自尊，人们看的只是你的成就，在你没有成就之前，切勿过分强调你的自尊。" 在那期间，有些同伴受不住煎熬，先后离开了深圳。而郭晓林，没有沉沦和随波逐流，而是坚守了下来，他在工作之余每天自学模具设计知识，经常看书到凌晨一两点。很快，他创造了一个奇迹：在短短三个月时间里，熟悉了模具的所有生产流程和工艺原理。

半年后郭晓林学成出师，应聘到宝安一家实业公司担任模具工。不到一年时间，郭晓林做到模具主管。此时，不到20岁的他，车、钳、铣、刨样样都做得好。回忆那段时光，他说，"自从工厂请了我，原来几个模具师傅被陆续辞退了，因为我一个人几乎可顶替他们全部工作。"

2000年，因为技艺精湛，一位老板"六顾茅庐"请郭晓林出山。当千里马遇上了伯乐，一切都是缘分。他在这家工厂一干就是九年。从主管、经理、副总经理，一直做到总经理，公司从几十人到高峰期近700多人，后来老板将业务全交由他打理。"我就是处于学习的状态，而且我从来不感觉自己是打工者，我把这当事业来做，我不计回报拼命付出，只想证明自己很优秀。"郭晓林说。

十年不计回报式的打工生涯，目的是为了实现自我价值。十年的艰辛努力，郭晓林换来了对行业、技术、营销、管理等各方面的深刻理解和认识，这一切为他进一步实现梦想打下了坚实的基础。

三

2009 年 5 月，郭晓林选择出来创业。此时，属于郭晓林的时代机遇，也像灵光一现般来临。

一个偶然机会，他发现日本生产出一款美颜棒产品。对产品技术非常敏感的他，直觉这款产品大有前途，于是决定对美颜器具进行"深度开发"。

对于产品的模仿问题，深圳比亚迪董事长王传福曾说过："坦白讲，我们不会从头设计一部车。汽车发展到今天已经有 100 多年历史，四个轮子一个外壳，任何一部车都难免和别人有一些相似的元素。一款新产品的开发，60% 来自公开文献，30% 来自现成的样品，自身的研究实际上只有 5% 左右。我们大量使用非专利技术，把专利技术剔除掉，非专利技术的组合就是我们的创新。"

世界级管理学大师彼得·德鲁克把这种模仿定义为"创造性模仿"。他说："企业家所做的事情，乃是别人已经做过的事情，但这件事情又具有创造性。这是因为运用创始性模仿战略的企业家，比最初从事这项创新的人，更了解该项创新的意义。"

郭晓林深刻理解了这一点，他把自己准备的产品设计创新思想总结为"深度开发"。即购买日本、韩国的新型美容产品回来，进行拆分研究，依据市场新需求，集合研发团队，集中力量攻克某一研发难点，破除其他产品的专利，创造出属于自己的专利产品。

他给自己的产品和公司取了一个名字"卡酷尚"，也就是日语"郭先生或郭小姐"的译音。他用自己的姓氏为品牌做背书，表达了自己对产品的信心，也传递了一种人格信誉，更有一种愿意做百年老店的勇气和远见。

郭晓林回忆："第一批试单是30万只，由于当时工艺不成熟，产品到了日本后才发现问题，导致近一半产品报废。我对质量要求非常高，不合格的坚决不出厂。当时我提出了日本品质、中国制造的理念。" 面对这番生死战役，卡酷尚遵循这种严格的质量意识，精心打磨的美颜棒成为日本经销商的抢手货，曾经创下了单款产品在日本半年销售260万件的神话，占该产品市场份额的50%以上，在日本美颜器具用品行业销量排行第一，如今卡酷尚已拥有100多个专利产品和200多个注册商标证书。

以中国制造征服了严苛的日本标准，这在中国企业界算是凤毛麟角，也是企业家们不敢轻易挑战的高地。

日本的初战告捷，让郭晓林深信，美颜器具还将面临一个爆发点，这个爆发点将会是一个风口。嗅觉敏锐的他注册了美颜器具网，并提出"缔造中国美颜器具第一品牌、高端美颜器具制造商"的企业愿景。

郭晓林喜欢"看世界，看未来"，他十分看好粤港澳大湾区的前景，他说："大湾区的故事才刚刚开始，这又是一个原点，又是一个春天的故事，一个产业强国的故事。"

四

有人说，深圳，是一个只要肯努力就可以改变命运的地方，更是一个稍微不努力就可能卷铺盖走人的城市。

郭晓林通过自己的努力改变了命运，他称自己是"学习型创业家"，他不喜欢别人叫他老板或是成功人士，他希望通过不断学习来"缔造优秀企业"，在深圳建立全球品牌，让中国制造走向世界，而不仅仅是一个"商人"。

在深圳过去 40 年的发展中，有不少像郭晓林一样的奋斗青年，通过不断学习、打拼，从打工到创业，抓住每次产业转型的机会，成为拥有财富和社会地位的创业者或企业家，成为人生的赢家。

当然，每次产业的转型，都代表着有人欢喜有人忧，有人成功有人被淘汰。近年来，深圳产业不断升级，逐渐向高端制造中心和全球科技创新城市转型，传统制造业或低端加工业逐渐被"赶出"深圳，高成本也让许多中小企业不堪重负，这些曾经为深圳做出贡献的创业者带着遗憾退出或是迁往内地，他们心有不甘，觉得深圳"抛弃"了他们。

近年来，制造业的外迁带来了不少声音，有人说"深圳变了，变成了一座买不起房的城市；深圳变了，变成了一座不太适合搞制造业的城市"，尽管她曾经是"世界工厂"的象征之一。我想，深圳地少人多，产业的更迭，制造业的升级，是必然趋势；粤港澳大湾区对于深圳未来的定位和期待，注定这座城市将承担着更大的责任与使命。当然，深圳的定位是创新型城市，创新一定要有制造业的支撑，深圳要避免产业空心化，否则创新容易成为无本之木。过去 40 年，深圳因为"天时""地利"，以及开放、包容的城市精神，让它成为"量产"杰出企业家的摇篮。像郭晓林一样的学习型创业家，他们谦逊、务实，敢于去尝试，勇于去挑战更高目标；他们胸怀远大理想，有着对事业浓厚的爱，有着不断自我超越的精神境界。深圳因为幸运成为时代的"弄潮儿"，而无数的来深建设者和创业者，因为他们的努力和拼搏，也注定成为时代的"弄潮儿"。

有人说，深圳，是一个只要肯努力就可以改变命运的地方，更是一个稍微不努力就可能卷铺盖走人的城市。

回归未来

这个时期，深圳涌现了大批建设者和创业者，他们在为深圳的发展贡献力量的同时，也成为时代的「弄潮儿」。

从大梅沙村的巨变看深圳 40 年

大梅沙数十载的沧海巨变，及以企业家袁建东为代表的创业征程，正是深圳成立 40 年的生动演绎，也是深圳精神的最佳注脚。

一

40 年前，深圳经济特区成立，最先受益的是生活在这里的"原住民"。1971 年出生在大梅沙村的袁建东，见证了大梅沙以及深圳 40 年的沧海巨变。

"遍地杂草烂泥塘"，袁建东用这样的词句，来描述 40 年前的大梅沙片区。

在大梅沙人的集体记忆中，深圳建立特区之前，地处偏远的大梅沙片区非常落后，没有一间工厂，没有一家像样的商店，道路仅一条沙石边防路，还不通班车，而孩子们上学只能到仅有的一间村办小学里。偏僻、荒凉、闭塞的海滩渔村，就是当年大梅沙片区最突出的特征。

"小时候，每年只有三天可以吃到肉，那是春节、中秋和端午。"

穷，是袁建东童年时最深的记忆。20 世纪七八十年代的大梅沙，冬天特别冷，又饿又寒的冬天是最难熬的，少年的袁建东常常要上山，去拾干枯的树枝回来当烧火的柴。大梅沙村三面环山，一面临海，是一个典型的客家村落。因为交通不方便，那时的大梅沙村极其闭塞，九岁前的袁建东没有踏出过大梅沙片区，他天真地以为世界只有这么大，深圳只有这么大……

大梅沙与小梅沙相邻，它们的村前，都有一片洁白晶莹的细沙滩，根据沙滩的大小、村子规模的大小，区分出"大小"梅沙。它们是清朝恢复新安县界后，迁来的客家人新建的村落。

"梅沙尖"是大小梅沙得名的缘由，梅沙尖是山名，为梧桐山的一个支脉，高 753 米，山顶像个尖尖的锥子，山南脚下就是大海。康熙《新安县志》里曾有"山里多梅"的记载，"多梅"就成为这座海边山脉的名称来历。

"这里就像是世外桃源一般，与外面的世界隔离。"袁建东用一口带方言的普通话解释，"我们普通话讲得不好，是因为小时候学校的老师都不讲普通话，我们大梅沙村有自己的土话，和外面讲的都不太一样。"

1978 年党的十一届三中全会召开，确定了改革开放的政策方针；1980 年 8 月全国人大常委会批准在深圳设立经济特区，深圳经济特区诞生，这一系列的信息让偏居一隅的大梅沙村感受到了"特别"的气息。

"我记得那年夏天，太阳猛烈，村长召集村民们开会，就在村里的大榕树下，村民们围着一起。村长说，乡亲们，中央来政策了，深圳要成立经济特区，我们梅沙划进去了，要成为改革开放的前沿阵地，我们的机会来了。"

袁建东回忆，那时大家虽然预想到"机会来了"，但后来发生的变化似乎也远远超出村民们的想象。

二

"咣当一声，春天来了。"

40年后，许多老深圳人回忆起1978年的蛇口，脑海中或许会浮现出如小说《春之声》里的这样一个开篇。正是此地，在东山角炸山填海的第一声"开山炮"中，以中国南方弹丸之隅的蛇口半岛为原点创建起蛇口工业区，拉开了中国改革开放的大幕。

"整个深圳就像一个大工地"，与蛇口半岛遥相呼应的是东部大鹏湾的梅沙，也正式列入开发与发展规划的日程。

1987年9月，梧桐山隧道投入使用，成为从深圳市区通往东部地区的咽喉要道，结束了大梅沙村民翻山越岭进城的历史；1998年3月，盐田区挂牌成立，目标是建立经济发达、环境优美的现代化海滨城区。借着这个契机，大梅沙迎来了一个跨越式的发展；1999年，大梅沙海滨公园正式建成。这个当年简易的海滨浴场，变成了一个高档酒店林立、现代气息浓厚的海滨公园，发生了脱胎换骨的变化。

"现在大梅沙村村民新盖房子的地方和海景酒店等地，地势较低，过去都是稻田。现在万科东海岸地方，当年是一片湿地，什么都不长的。"

在袁建东的办公室，他一边指着对面的万科总部大厦，一边泡着工夫茶，讲起故事来常常忘记了泡茶，需要我不时打断提醒。

与大梅沙同时改变命运的，是袁建东。1987 年，刚刚中学毕业的袁建东，拒绝了父亲给自己安排的工作，跟母亲借钱承包了后山的一块地，用来种植荔枝树；从种植到结果，中间需要好几年的时间，这是最难熬的，袁建东一度没钱给工人发工资，最后不得不转让一半的荔枝林给开出租车的同村人。后来，政府规划建设用地，要征收这一块荔枝林，开出的价格非常可观，这让袁建东赚得了人生第一桶金。

1990 年，袁建东用赚来的第一桶金在村内办起了一个以乳鸽和客家菜为主打菜的餐厅，1998 年正式注册"五谷芳"品牌，他还专程前往香港拜师学习秘制"红烧乳鸽"的方法。

因为次年大梅沙海滨公园的建成，大量游客涌入梅沙。彼时，五谷芳就像蕴藏无限生命力的种子，遍地开花。20 余年时光，从一个路边小店，发展到现在八家酒楼、两个商场、一个中大型生态农场、一个物流配送公司、一个网络科技公司的集团企业，而袁建东也由一个"村民"，华丽转身为一个成功的企业家。

感恩养育自己的土地，是每个人的殷切期盼。作为土生土长的深圳人，袁建东似乎比多数人更有资格表达这种情愫。曾经，那个在特区坐标里不甚起眼的梅沙村，是他生命的起始，也是梦想的发端，更是使命的见证。

三

"凭海临风，谈笑间，帆板少年浪遏。南国畅游，多情应在此，水天一色。涛声入梦，今宵还醑江月。"这是《浪淘沙·梅沙》里的词，描写今日之梅沙。

漫步走过今日之大梅沙海滨公园，绿色生态景致美不胜收，三面青山相拥、一面平缓面海的平畴内，椰林婆娑、绿意逶迤、沙滩细密、雪浪逐岸，伴之以习习海风拂面。

大梅沙，已然成为一个现代海滨风情小城，2018 年入选"中国最美森林小镇"。此外，一年一度的"深圳黄金海岸旅游节"落户大梅沙，中国创新论坛以大梅沙作为论坛的永久会址。

伴随着大梅沙旅游经济及商业的发展，居住在这里的 600 多位村民也开始发家致富。早在 1988 年，非常具有创新意义的大梅沙实业股份有限公司在改革浪潮中应运而生。2008 年，带着企业家光环的袁建东，忽然面临着一个重大的人生抉择。

"那一年，适逢村股份公司董事会换届，村民们希望找一位既懂经商又有责任感的人来担任董事长职务，以更好带领村民致富。区、街道领导与村里的父老兄弟找到我，我开始是拒绝的，但是他们一直坚持。"

袁建东回忆说。开始拒绝的理由是怕当不好这个头，怕辜负村民的期望，同时五谷芳的经营占用了他大部分时间，他担心无法平衡两边的工作。

经过长时间的思考，袁建东最终同意参选，众望所归，他既成为村股份公司的董事长，也当选大梅沙村的村长。

从企业家到村长，袁建东在得与失之间选择了责任。担任村长，原本不是他的人生计划，但时代赋予了他这一份意外的磨砺与成长。

思维开放、愿意学习新事物是袁建东身上非常重要的品格，这是一位"与时俱进"的村长，他报名市里举办的各项干部培训班，参加商学院学习企业管理课程，与互联网的创业者探讨新经济模式等。在袁建东看来，深圳是一个"海阔凭鱼跃"的道场，只有视野和思维跟得上，才有可能实现更大的成就。

2018年，袁建东顺利完成了两届股份公司董事长和大梅沙村长的任期，也交出了一份满意的成绩单，大梅沙管理更讲制度和效率，村股份公司实现村民股东利益最大化，村民收入大幅提升；大梅沙的生态建设得以可持续发展，众多知名企业和国家级论坛落户大梅沙……

2019年1月19日，大梅沙村股份公司门前热闹非凡，锣鼓喧天，舞狮表演，接连不断。这是大梅沙村股份公司举办的"2019年新春大盘菜联谊晚宴"，席开77围台，邀请有大梅沙全体村民600余人以及落户大梅沙的企业代表。

再次当选董事长的袁建东在致辞中感慨，他还有一个使命要完成："我希望把大梅沙美食塑造成为深圳名片，通过弘扬饮食文化，让全世界人民感受到鹏城文化的独特魅力。"

感恩热土，汇聚成了他生命的交响曲，而弘扬鹏城文化，锻铸深圳饮食文化名片，则是他孜孜以求的毕生理想。此时，袁建东的《鹏城美食文化》刚刚出版上市。

如今，思索与深圳这座城市的特殊缘分，袁建东颇为感慨。从成长到读书到创业再到成为"村长"，深圳给予了他最大的人生舞台。深圳不仅是改革开放的前沿，也是创业者和企业家们的路演地。没有深圳，就没有他的今天。

深圳企业家不仅是社会财富的缔造者，更是社会责任的承担者。

大梅沙数十载的沧海巨变，及以企业家袁建东为代表的创业征程，正是深圳成立 40 年的生动演绎，也是深圳精神的最佳注脚。

回望过去的 40 年，袁建东总结是时代造就了今天的深圳，是天时地利人和成就了大梅沙。谈到下一个 40 年，袁建东笑着说，"我们需要开拓进取，不断保持学习和创新。世界在变，深圳在变，大梅沙也要努力去改变。"

可以这么说，大梅沙村及袁建东的命运改变，缘于天时、地利、人和。然后，在后续的可持续发展过程中，大梅沙村走出了一条与众多深圳村落不同的发展道路。与许多打着麻将收租或是躺在政策补贴的"温床"上过日子的原住民相比，以袁建东为代表的"村民"，也更加开放、务实、勤勉。

袁建东目睹了整个深圳从贫穷到富有，从荒凉到繁华，从落寞到喧嚣，从村落到都市的华丽蝶变。时代历程与生命履历的碰撞中，他扮演的角色很多，既是企业家，又是村长，既是文化美食家，又是深圳市人大代表，还是热衷于公益的社会活动家。他每天时间安排得满满的，是我见过的最会做生意的村长和最进取的企业家之一。

深圳企业家不仅是社会财富的缔造者，更是社会责任的承担者。大梅沙数十载的沧海巨变，及以企业家袁建东为代表的创业征程，正是深圳成立40年的生动演绎，也是深圳精神的最佳注脚。

漫步走过今日之大梅沙海滨公园，绿色生态景致美不胜收，三面青山相拥、一面平缓面海的平畴内，椰林婆娑、绿意逶迤、沙滩细密、雪浪逐岸，伴之以习习海风拂面。

多段式人生

> "我们何必为生命的片段而哭泣，我们的整
> 个人生都催人泪下。"
>
> ——古罗马哲学家、思想家塞涅卡

一

老话说，三十而立，四十不惑，五十知天命。原来，我们一直都把这句话当成金科玉律，但是最近几年慢慢发现不是那么回事了。30岁到处投简历的人比比皆是，40岁还在周末去商学院充电上课的人也很多。在过去，50岁差不多就可以被人叫一声"大爷"了，可能整天坐在大门口晒太阳，但是现在，50岁正是年富力强的中年，有不少人在50岁的时候才开始创业，准备大干一场。

过去，60岁生日称"大寿"，现在这个大寿还真的有人在过吗？过去20岁的姑娘可能都是两个孩子的妈妈了，可是现在北上广深这些大城市里，20岁的妹子可能还没谈过恋爱，而年过30还没结婚的单身男女比比皆是。

近年，政府要推迟退休年龄，还大力提倡鼓励生育二胎。这些社会现象，其实背后隐藏着同一个原因：人类的寿命格局已经发生了根本变化。

根据加利福尼亚大学等研究机构的最新权威数据显示，从 1840 年开始，人类的寿命以"每过十年就可以多活二到三岁"的速度递增，在进入 21 世纪以后，这个趋势还在更快地加速，从 2001 年至 2015 年，短短不到十五年的时间里，人类的寿命增加超过了五岁。中华人民共和国成立初期，平均寿命不到 40，而现在根据世界卫生组织的报告，截至 2018 年，中国人均寿命突破 74 岁，整整多了 34 岁。

根据这些研究机构的计算，一个 00 后活到 100 岁的概率超过 50%，而 10 后的孩子将极大可能个个都是百岁寿星。至于现在还是中年的我们，活到 100 岁，或是接近 100 岁，已是近在眼前的事。

深圳华大基因的创始人汪建， 1954 年生，56 岁时登顶珠穆朗玛峰。他有一个著名的"墓碑"，上面刻着：汪建（1954—2074）。汪老师对自己的预期寿命是 120 岁，此外，他还要求员工"人人要活到 100 岁"，为此还制定公司员工一系列纪律，包括不允许员工的孩子有出生缺陷、不允许比医院晚发现肿瘤等，还规定公司员工不允许坐电梯、体重增加了扣年终奖等。

我们这一代人，人人都有机会活过 100 岁，这几乎是医学界的共识。我们只要稍微拉开一下视野，就会发现，战争、饥荒、瘟疫，甚至是癌症，这些威胁人类寿命的因素，都逐渐进入人类的掌控之中。

二

现在我们知道，原来我们每个人都要活这么久，那么我们的生活到底会发生什么样的变化呢？

过去，我们的人生叫作"三段式人生"。传统我们把人生分成了界限十分明显的三阶段：第一个阶段是上学，第二个阶段是工作，第三个阶段是退休生活。

比如，我们七岁上学，二十来岁毕业出来工作，这中间接近二十年的时间就是人生的第一个阶段，这一阶段几乎全部都消耗在学校里；然后出来工作，一干就到六十岁退休，这三十余岁的光阴是实现人生价值、创造财富的主要时间，几乎耗在工作单位里，称为第二阶段；最后是退休回家，抱抱孙子，喝喝茶，下下棋，养养花，等着走向人生的终点，这是第三阶段，时间大部分耗在家里了。

在过去的几十年里，人们几乎都过着这种典型的"三段式人生"。然而，这种三段式的节奏即将在人人都长寿的时代崩溃，多段式人生将取而代之。

所谓多段式，就是人的一生分割成四段、五段，甚至七段、八段，乃至更多的小阶段，每一小段都有不同的人生主题和意义价值，并且各段之间是穿插进行的，不会再有明确的边界。

比如，十几岁时你在上学，三十余岁的你可能又重新回到校园；二十岁的时候你忙得没时间谈恋爱，四十的时候又抽空谈了一场恋爱，然后结婚了；五十岁的时候，你从一个公司的高管职位辞职，中间花了一年时间去旅行，放空自己，回来后又开始了一个新的行业，重新创业；六十岁的时候你创业成功，决定回到学校再攻读一个博士学位；七十岁的时候你被某家商学院聘请担任创业导师兼客座教授；八十岁的你又回到企业，担任某上市公司的顾问。这些在今天看起来不可思议的人生，在未来将成为一种常态。

如果说传统三段式人生是一场两小时的音乐会，大家坐在那听完三个乐章，音乐会就散场；而多段式人生更像是一场时间很长的跨年晚会，这么长时间需要安排丰富多彩的节目，每个节目时间还不能太长，中间还要有安排观众休息上厕所的时间。只有这样，整台晚会才是完美的。

三

多段式人生的到来，要求我们重新设计自己的人生，以应对漫长岁月带来的机遇和挑战。

深圳天建通集团创始人郑红建，依靠在华强北电子市场经营柜台赚到了人生第一桶金，之后开办工厂生产 3C 数码产品，在刚过四十岁的时候，将企业做到销售额过亿规模。原本以为人生已经差不多，准备开始进入退休享受生活的他，在一次偶然机会踏上哀牢山拜访褚时健。这一次的见面彻底改变了郑红建，褚老的精神深深地打动了他；回到深圳后，他摘下身上的金项链、金戒指，调整状态，开始规划下一阶段的人生目标，重新设计自己的人生。

重新设计人生的起点是"敢于自我更新、自我革命"。在多段式人生里，喜新厌旧可能会成为人类的美德，快速变化的节奏要求我们必须时刻拥抱新事物，如果不敢于面对新事物，总想吃老本，做一个故步自封的人，那么你迟早会被这个时代所抛弃。

在三段式人生里，人过 50 基本上算是"老同志"，靠着自己的资历，可以倚老卖老，只要厚着脸皮也可以扛到光荣退休；而在长达百岁的多阶段人生里，50 岁可能是刚刚度过了生命的二分之一，正是打拼和学习的时候。因为下半生还很长，如果你不想改变，就只能喝西北风了。

在多段式人生中，我们要习惯于经常跟过去的自己说再见，每过一段时间就要把自己清理一遍，敢于放弃已经拥有的东西，包括你的经验、学历、知识，甚至是你的三观。在长达一百年的时间里，你的三观被来回地颠覆、重建、再颠覆、再重建，将会是再正常不过的事情。

于是，在这样的人生里，学习将会是贯穿我们一生的任务，也就是所谓的终身学习。

作为汕头大学校董会名誉主席和多年来的重要捐赠者，李嘉诚先生曾经买下《光辉岁月》的版权，请林夕填词，改编成汕头大学新校歌《大学问》。2016 年 6 月，李嘉诚先生出席汕头大学毕业典礼，师生现场合唱《大学问》，结果引发现场万人泪崩，这首歌意外走红，在网络上广为流传，引发无数人共鸣。

"我们懂得学习的理由，吸收是为了奉献，才能承先启后；生命不止坚毅与奋斗，有梦想才是有意义的追求。我们懂得学问没尽头，学会终身学习，才没辜负一番造就，我们懂得学习的理由，活出生命的光彩，才无愧于春秋……"

歌词引发我们思考知识、做人、做事和人生的关系，谁没有梦想？谁又愿意平庸地过完一生？年过 90 的李嘉诚，依然保持谦逊的学习态度，不断自我更新，活得丰富而精彩，正是无数年轻人学习的榜样。

四

2018年，是中国改革开放四十周年的重要历史节点，企业家群体不自觉地进入一种人生的自我总结模式。

每个人都在面对相同的问题："我是怎么活过来的，我活得有意义吗？ 以及，在新经济、新时代到来之际，我会被淘汰吗？ 在下一个四十年，我的人生还会精彩吗？"

面对这样的问题，答案可能无法统一。但"这次真的不一样了"，在多段式人生里，企业家群体需要重新出发，重新设计自己的人生。在上一个四十年，民营企业家是中国社会进步的主要推动者，是社会财富的主要创造者；多段式人生的开启，需要我们这一代的企业家继续保有破坏性创新的勇气和能力，重新设计人生，为中国社会继续完善和发展进步贡献原动力。活得更久，意味着有机会创造更多。

当意识到我们能有一个百岁人生的时候，企业家群体应该立刻想到：我们的日子必将面临更多的不确定性。企业家精神的两大核心要素是"冒险精神"和"创新意识"，在下一个四十年，企业家们生存的模式就是要挑战这种不确定性和社会过渡阶段的风险与刺激。反过来说，百岁人生是"好玩的"，是可遇不可求的。

"今天不努力，明天就会被市场淘汰，被竞争撕碎"，这曾是民营企业家的生存模式；如果从积极的一面看，企业家群体用不断涅槃的生存方式，来规划自己的、群体的存在方式，即所谓的永远保有创新的精神和挑战的冲动。

王石先生曾登顶过世界最高点珠峰，完成了全球七大洲的高峰登顶，徒步过南极和北极，他说，"登顶是为了活着回来，而不是征服。"

是的，活着不是为了"活着"，而是为了生命的不断更新和创造。王石之所以被称为"传奇人物"，在于他很好地活出自己的人生。他用了二十余年的时间，打造了中国商界的领军企业，人到中年，又开始向人生的极限发起挑战，勇往向前，守成了"7+2"的探险模式，而后再一次华丽转身，以六十岁的年龄开始游学欧美名校。在王石的人生坐标上，年龄的数字仿佛已经失去了意义，始终步履不停，生命就如同热血少年。我想，这正是王石多段式人生所带给我们的思考。

罗振宇在 2019 年跨年演讲中有一句金句："所有事到最后都会是好事，如果还不是，那它就还没到最后。"

我非常认同这种积极乐观的生活态度，在多阶段人生里，你的每一个篇章都是最好的人生体验，不管是快乐的还是痛苦的。

两千多年前，古罗马的哲学家、思想家塞涅卡曾经说过，"我们何必为生命的片段而哭泣，我们的整个人生都催人泪下。"我想，他所说的催人泪下，不仅仅是指人生的坎坷，更多的是指生命的壮阔。

这一刻，你历尽千帆，依然坚韧前行，就像歌词中说的，活出生命的光彩，才无愧于春秋。

在三段式人生里，人过 50 基本上算是「老同志」，靠着自己的资历，可以倚老卖老，只要厚着脸皮也可以扛到光荣退休；而在长达百岁的多阶段人生里，50 岁可能是刚刚度过了生命的二分之一，正是打拼和学习的时候。

因为下半生还很长，如果你不想改变，就只能喝西北风了。

116

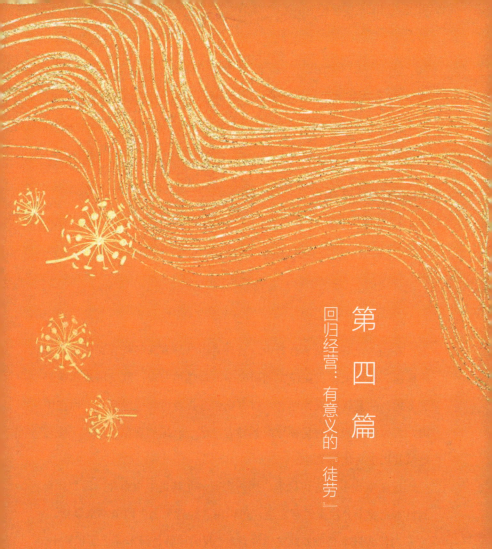

第四篇

回归经营：有意义的「徒劳」

卓有成效的经营者

所谓经营者，就是"取得成果的人"，所谓成果，
即"承诺的事情"。

——日本迅销集团董事长、优衣库创始人
柳井正

一

在当今全球的商学教育中，管理者、领导者和经营者是非常重要
的概念。近年来，我在作案例研究中，奇怪地发现：欧美国家商业界
更多提到的是管理或管理者，日本则普遍提及经营或经营者，而在中
国，大家谈论最多的是领导或领导者。这一有趣的现象背后，可能与
地域及历史文化相关。

近年来我多次造访日本，探访企业，尤其是中小企业，深刻体会
到日本企业十分注重经营之道，可以用"经营至上"四个字来概括。

为什么日本企业如此注重经营？ 我的理解是日本国土面积狭小，
资源匮乏，日本国民教育十分强调危机意识，于是，如何利用有限的
资源去经营一家企业，使之生存下去，就成为日本企业界的首要任务。
从大到如丰田汽车这样的世界级企业，小到一家不足十平方米的寿司
店，都非常注重经营，这或许正是日本企业富有生命力和匠心精神之
所在。

实际上，创业的起点是经营，而思考和研究如何持续经营一家企

业，避免失败，则成为创业者或企业家的首要目标。事实上，外部宏观经济环境、政府政策、行业动态或市场竞争等因素，并不是企业成败的主要因素。

我们先来回答什么是"经营者"。

在传统企业经营管理理论中，对"企业经营者"的定义是："以企业获得生存和发展为己任，担负企业整体经营领导职务，并对企业经营成果负有最终责任的经营管理人才。"

日本迅销集团董事长、全球知名服装品牌优衣库的创始人柳井正则简单直接地下定义：所谓经营者，就是"取得成果的人"，所谓成果，即"承诺的事情"。

在柳井正看来，经营者必须对社会、股东、顾客和员工做出承诺，并努力去兑现自己的承诺，这就是所谓的"取得成果"。因此，这不单纯指业绩上的某项数值，还包括其他成果。

柳井正 25 岁时继承了父亲经营的小郡商事，35 岁开始创建优衣库一号店，并在 42 岁时将其发展为迅销集团。他曾经自认为是一个失败的经营者，在刚从父亲那里接手公司时，甚至让公司经历了除一名职员外，其他员工都辞职的窘境。但是，柳井正从失败中不断地思考经营的原理原则，并反复实践，通过不断学习，终于成为日本的经营神话。根据 2017 年度的财报，迅销集团的销售额达到了 1.8619 万亿日元，为世界第三大服装零售企业，而柳井正则被美国《时代》杂志评选为"世界最有影响力的 100 人"之一。

经营迅销集团，柳井正做出了"三项承诺"：第一项是保持年增长率 20%，以及达成 20% 的经常利润率；第二项是培养 200 名能够活跃于世界各地的经营人才；第三项是创造前所未有崭新价值的服装。前两项承诺是定量的，后一项是定性的。

作为经营者，一旦做出这样的承诺，就一定要去兑现，想方设法使之变成现实，这就是经营者的责任。只有兑现承诺、取得成果，才能赢得社会、股东、顾客和员工的信任，公司才能持续生存和发展。

此外，经营者在兑现承诺取得成果的过程中，最重要的是要思考自己在社会中存在的意义和价值，即自己的使命是什么。

创业之初，我们公司成立的目的是什么？ 也即是创业者的初心，这份初心会成为企业的使命。这个使命感没有终点，也永远无法达到终点，但是我们必须向着终点不断前进。

这才是正确的企业姿态，也是经营者应该采取的正确行动。

二

理解了什么是"经营者"，接着我们要回答的问题是"如何才能成为卓有成效的经营者？ 卓越的经营者应该具备什么样的能力？"

柳井正先生结合经营企业多年的成败经验，总结出经营者必须具备的四种能力：包括追求理想的能力、赚钱的能力、建设团队的能力和变革的能力。

卓有成效经营者的第一种能力是追求理想的能力。具备这种能力的经营者可以说是"为使命而生的人"。企业的最终目的是实现自我存在的意义，即实现使命，为社会做出贡献才有存在的价值。

所以，经营的首要原则，是将公司的使命与成果相结合。那些并非昙花一现，而是长久得到社会认可的优秀公司，都是扎扎实实地遵循着公司的使命感进行经营的。具体地说，就是他们的经营战略和决策都是遵照公司使命而制定的，并且从不使经营偏离公司的使命。

这些公司的共同特点是，为了完成公司使命，不断地发起挑战，并坚持不懈地追求高标准，追求理想状态。这些公司的员工能够深刻理解公司的使命，并明确知道自己是在为实现公司使命而努力工作，使命感渗透到员工内心，这份发自内心的驱动力将产生巨大的创造力和能量。

日本经营之神松下幸之助，将松下电器公司的使命比喻为"自来水哲学"，即以自来水般的低廉价格，向客户提供大量优质商品，使之获得幸福感。松下幸之助先生通过他的努力兑现了"自来水哲学"，并最终使松下电器获得了长足发展。

2017 年 5 月，我参访了日本北海道一家名为"光生舍"的公司。这家公司的员工总数接近 1500 人，其中有三分之一是残疾人，但是公司的整体经营表现非常好。我就好奇地询问了他们的社长，他解释说，把工作和流程细分化，让残疾人找到适合自己的工作内容，他们的工作效率其实并不低，与正常人是一样的，并不会对公司造成负担。相反，雇佣社会弱者会让正常员工激发爱心，主动照顾残疾员工，让正常人通过帮助弱者得到满足感，来抵消分到的额外工作量。社长说，"光生舍"创立之初的使命就是"帮助社会残疾人和弱势群体实现自力更生"。这一使命既可以解决社会问题，又实现企业的经营目标。

我相信，真正优秀企业的使命感都是超越了单纯经济目的的使命感，只有为社会做贡献的企业才能生存下去。公司从诞生的那一瞬间开始就是为公众服务的，不能提高顾客的生活品质，不能给顾客带来幸福，不能为社会做出贡献的公司，终将被社会所抛弃。

伟大的公司，从来都是抱持伟大的使命而存在的，即"让人们更幸福，让社会更美好"。

<h1 style="text-align:center">三</h1>

卓越经营者的第二种能力是赚钱的能力。经营者毕竟也是生意人，是否赚钱，既反映了企业是否获得顾客的支持，也是衡量一个人经营是否妥善的指标。企业只有实现盈利，最终经营才得以持续下去，股东和员工才会幸福。

企业要实现盈利的目标，首先要树立一个经营的原则，即"一切以顾客为中心"。这绝不应该成为一句口号或只是华丽的词句，必须在所有经营环节彻底贯彻执行。

当经营者被问到"公司到底是谁的"这一问题时，正确的回答应该是"公司在本质上是为顾客而存在的"，而不是为股东或员工而存在。做生意就如同每天接受顾客投票一样，顾客不会把票投给不为他们着想的企业。

要想让顾客满意，要做的事"必须让顾客感到惊喜"，"以超出顾客想象的形式将顾客需要的东西提供给顾客""以高于顾客所期待的水准来满足顾客的需求"，这才叫一切以顾客为中心。

实现盈利的第二点是"迅速执行"，即速度。时代变化速度以及信息扩展的速度今非昔比。同样是争取5000万用户，收音机用了38年，电视机用了13年，互联网用了4年，苹果公司推出的 iPod 用了3年，而 Facebook 却只用了2年。

速度包括两层含义，一层意思是"迅速抢占先机"，另一层意思是"快速完成工作"。对于经营越来越重要了，如果我们能以比其他任何公司更快的速度，提供全世界公认的真正优质的产品，我们就能以前所未有的速度开创并引领巨大的市场。

实现盈利目标的第三点是"集中解决关键问题"。一旦认准的事，就要集中所有经营资源去做。

最理想的经营是仅凭某一种产品或服务就能获得极高的销售业绩。这是最高效，也是最赚钱的方式。苹果是全世界最会赚钱的公司之一，可是即便要将 iPod、iPad、iPhone、iMac 等苹果公司的拳头产品全部摆出来，一张小桌子也足够用了。

2011 年发生了一件可以称之为"奇迹"的事情，一位日本企业家仅用 14 个月的时间，就成功拯救了世界第三大航空公司——日航，从年亏损 1800 亿日元，强势逆转为年盈利 1884 亿日元。 同时创造了三个第一：利润世界第一，准点率世界第一，服务水平世界第一。这位日本企业家，就是家喻户晓的经营之神稻盛和夫。

是什么让日本航空在短短的时间里凤凰涅槃呢？ 稻盛和夫做了关键几件事。

第一，日航是一家交通服务公司，"服务"是其核心，稻盛和夫对其服务进行了彻底的改革，让日航的服务水平达到世界一流水平。稻盛和夫用他的经营哲学和人生观，对日航进行了改革，尤其是对"官僚体制"进行了彻底的改革。

"我首先对企业的经营服务意识进行了改革。制定了 40 个项目的服务内容，让员工和我一起拥有共同的价值观，拥有共同的经营理念，做到'物心两面'一致，形成了日本航空公司新的企业理念。"

第二，稻盛和夫裁减部分员工，裁员是为了日航能活下来，也是在保护更多人能够继续留在公司工作。同时，他明确提出日航的经营目标，并将这一目标反复向全体员工传达，让每一位员工时刻牢记自己要做什么，公司要做到什么，让大家团结一心，与公司一起走出困境。

第三，对于公司内部经营体制实施了改革，实行了航线单独核算制度，并确定了各航线的经营责任人。"统计工作实施速报制，各个部门的数据做到即有即报，公司详尽的经营报告做到了一个月内完成，以便让经营班子随时掌握公司的经营实况。"

这几件事做完后，"日航复活"的奇迹就真的出现了。

四

卓越经营者的第三种能力是建设团队的能力。建设团队的人，又被称为"领导者"。经营企业是团队作战，工作都是通过团队协作来完成的，因为一个人能做的事情非常有限。

要想建设团队，对领导者最重要的是什么呢？ 换句话说，什么是从始至终都至关重要的呢？ 那就是信任。

人与人之间如果缺乏信任，就不可能相互理解。而构建信任关系的基本原则是领导者要言行一致，始终如一，公平对待每一位成员。

领导艺术是产生于人与人之间的，所以源自人性更根本的东西才更为重要，这需要领导者洞察人性，顺应人性，同时建立起彼此信任的团队价值观。

建设团队的第二点是"共享目标，责任到人"。目标共享，行动才能一致，如同一个球队。要想做到目标共享，就需要不厌其烦地一遍又一遍地向成员传达，直到所有成员都能够理解团队的共同目标。通用电气的前 CEO 杰克·韦尔奇曾经说过这样一句话："一天当中，我会一遍又一遍地强调公司的目标，有时说得连我自己都烦了。"

责任到人，分工协作，是团队作战取胜的基础。责任意识的形成，最重要的是要明确"这个工作是谁的责任"，也即是所谓的"一人一责"。

建设团队的第三点是"团队的组合，优势互补"。喜欢足球的人都知道，如果把全世界最牛的球员组成一支球队，这支球队不一定能赢，球队最重要的是配合。领导者在建设团队时，要全面了解成员的优点和缺点，并且还要认真思考怎样做才能最大限度地发挥他们的作用。

德鲁克说过："所有人都是通过自己的强项，而非弱项来获得报酬的。"

我们应该认真思考一个问题，就是我们团队以及每位成员存在的理由。即便单独的一个人不是十全十美的，但是因为成员间能够互补，所以团队的优势也就能体现出来。

缺点大家能够互补，各自的优势则要最大限度地发挥，这才是理想的团队。做到了这一点，即使是平凡的人也能够获得非凡的成果。

五

卓越经营者的第四种能力是变革的能力。具备变革能力的经营者被称为"创新者"。从某种意义上来说，市场是残酷无情的，而且市场需求变化迅速、市场竞争非常激烈，顾客对企业的新鲜感、被企业吸引的时间越来越短，而对企业的要求越来越高。如果产品不具备顾客所想要的附加价值，那它根本就卖不出去。可以说，不持续变革将是死路一条。

"最好的防守是进攻，死守终归是守不住的。"这个世界上，唯一不变的就是变化。

要想进行革新，经营者就必须不断实践，第一步是要抱持高远的目标，而不是满足于现状。不断树立更高的目标，可以促使我们放弃延续现有做法的想法，采取具有革新意义的举措。

第二步是要"质疑常识，勇于尝试"。妨碍公司成长、发展的最大敌人是"常识"。

因质疑常识，不受常识束缚而获得成功的著名革新案例当属 7-11 便利店的"夏季关东煮"和"冬季冰激凌"。

过去超市受饮食文化常识的影响，认为关东煮这种热气腾腾的东西是在寒冷冬日吃的，而冰激凌则是炎热夏季的食品。因此，天气一变暖，就把关东煮从货架上撤下来；天气一变冷，就缩小冰激凌的柜台。

但是，7-11 便利店在日本却反其道而行之。即使在夏季，收银台旁边的显眼位置也醒目地摆放着关东煮，即使在冬季，冰激凌也仍然占据着店里的绝佳位置。结果，卖得非常好。7-11 便利店的尝试成功要归功于空调的普及。由于夏天开着冷气，无论在办公室还是家中都感觉身体发冷，所以想吃热的东西；相反，冬天由于开着暖气而感觉浑身发热，所以就想吃凉的东西。正是这种生活环境的变化大大影响了商品的销售。

第三步是"自我反思，不断学习"。自我反思是一种不断自问自答的形式，比如问自己"真是这样吗？""我真的做得好吗？"等问题，来不断总结和反省。

对于经营者来说，最忌讳的就是抱有"自己做得很好"这样的心理，经营者必须时刻带着危机感来经营。所为抱持危机感，是指在客观评价自己的状态和成绩的同时，持续不懈地努力，永不自满。

同时，经常自我反思，自问自答，才能产生好的创意，经营者不仅自己要不断产生好的创意，还要引导启发员工的创意，形成这样的习惯和工作方式。

对于经营者而言，只有能够学以致用，学习才是有意义的。我们去看，所有杰出的经营者，都是爱学习的榜样，而且十分谦逊。柳井正先生从年轻时就养成每天看书、看业界杂志，与各类人面对面交流的习惯，并且这一习惯已经持续了30多年。所以，他对于服装零售行业的信息，以及日本、美国、欧洲、中国等国家和地区专卖店、百货店、量贩店的经营状况，比任何人都了解。

六

当前的中国正迎来巨大的社会转型。一方面，大多数产业产能过剩，使众多传统的中小制造型企业面临经营困境，另一方面，经济的全球化也在急速推进之中，2018年以来的中美贸易战更加剧了企业经营的挑战。

面对这种形势，虽然许多人都意识到经营企业必须做出改变，但却完全不清楚应该怎样改变。

感到困惑时就回到原点，这是铁律。思考什么是国家？什么是经济？什么是政治？什么是企业？对这类根源性问题，我们应该不断地追问，探究经营的本质。然后试着从经营者个人的角度来思考，将"什么是经营者"这个问题转变为"经营者应该是怎样的人"。

中国的企业，过去一直徘徊在欧美式"管理"与中国式"领导"之间，却很少在"经营的本质"和"经营者的能力"上去深度思考。这是因为在过去很长的一个时期，即使不去关注经营者，只要趁着经济增长的大潮，任何一个企业都可以轻松赚到钱，并认为这是理所当然。

从现在起，中国的企业真正地进入"经营的时代"，处于转型时代的中国商业，需要更多卓越的经营者，我们才能真正实现强国梦。

希望本文能带给更多中小民营企业的思考，为那些在中国各个角落奋斗着的中小企业带来经营的信心和希望。

回归未来

经营者必须对社会、股东、顾客和员工做出承诺，并努力去兑现自己的承诺，这就是所谓的「取得成果」。

中国式的人情与面子

弄明白"人情"和"面子"这两个词的丰富
含义和深层次道理，你就弄懂了中国人在交
往和办事时，内心世界的运作原理。

一

中国社会是一个讲人情面子的社会。众多的研究成果和文化比较研究已证实了这一点。近年来，越来越多的学者在研究中国社会的论文中开始使用这两个概念。

过去十年，我因工作关系近距离接触各界商业人士和各级公共服务机构，听到最多的两个词就是"人情"和"面子"。这段时间，一直想借此来研究和探索中国的社会关系学。可以这么说，弄明白"人情"和"面子"这两个词的丰富含义和深层次道理，你就弄懂了中国人在交往和办事时，内心世界的运作原理，并且弄懂了生意场的"潜规则"。

在本研究展开之前，我首先将中国社会预设为一种"情理合一"的社会，从而使此种社会中发生的"人情面子"全然不同于西方人的类似心理和行为。在中国社会，我们在经验中便可以发现大多数人的办事和处世原则既不会偏向理性，也不会偏向非理性，而是希望在两者之间做出平衡和调和。

宋代词人李清照《夏日绝句》有云："生当作人杰，死亦为鬼雄。至今思项羽，不肯过江东。"诗词描述的是项羽在垓下之战中的一个细节。项羽是秦末农民起义军的领袖，在楚汉之争中落败，在摆脱垓下之围后逃至乌江边，乌江亭长劝其急渡。羽曰："我与江东子弟八千人渡江西上，今无一人还，纵江东父老怜我，我有何面目见之？"遂自刎。

西楚霸王项羽因为"没有脸面见江东父老"而"不肯过江东"，最后牺牲自己，故事有些悲壮，却被后人广为称颂，可见在中国文化里，面子观念源远流长。

再说说作家鲁迅的故事。我们在中学语文课本上学过的鲁迅，好像是个特别严肃、容易愤怒的人。其实鲁迅很幽默，经常讲些玩笑。比如他说，外国人不懂中国的事儿，中国精神的纲领就是"面子"，只要抓住这个面子，就像揪住了阿Q头上的那根小辫子，牵他往东就往东，牵他往西就往西。

创造出"面子"这个词，是中国人的巧妙智慧。我们都知道"面子"的重要，可是却很难给"面子"下定义。因为面子这个比喻很抽象，它既看不见又摸不着，全靠你的感受。著名语言学家、作家林语堂是这么形容"面子"的：

"面子这个词，不能翻译，也不能下定义。它好像是荣誉，而又不是荣誉；它不能用金钱购买，却给人一种实质的光辉。它是空虚、没有实际的，可是男人争夺它，女人为它而死……就是这空洞的东西，中国人靠它活着。"

林语堂的描述可谓一针见血，道出了"面子"的深层意义。对"面子"的研究，既是一个社会学问题，同时也是一个心理学问题。台大心理学系的开派祖师、亚洲心理学界的大师黄光国一直提倡建立中国本土化的心理学，他给中国式的人情与面子作了两个重要结论：

第一，面子的本质，就是社会对个人道德、能力、成就的认可。

第二，中国的传统伦理道德，像是仁、义、礼、孝等等，其实都是在解决怎么分配资源的问题，或者说是在解决给谁面子、不给谁面子、给多大面子的问题。

二

黄光国通过引用一串实验，给我们总结了面子跟什么事情有关系。总体上看，面子和两类事情有关：

一类是人的道德，比如履行社会义务，基本的社会道德观等，我们姑且把这类面子问题称为"道德脸面"。这些年，每逢节假日，中国人出国旅行购物成风，我们时常可以看到同胞在国外的一些行为让国人"丢脸"，如在公众场合大声喧哗，不按规矩排队，乱扔垃圾，不按交通规则通行等，这些属于道德脸面的事。

还有一类关系到脸面的事情，是人在社会中的身份、地位、能力等，我们把这类面子问题叫"社会脸面"。这类情况下，职位高的官员，上市公司的老板，知名的专家等，面子就很大，要么有决策权，要么有资金和人脉，要么有社会影响力，可以支配更多的社会资源。

当然，社会地位带来的面子，可以是实的，也可以是虚的。有些人会虚张声势，把自己伪装成地位很高的样子。我见识过一位"老板"，号称马云是背后的老板，然后搞出个便利店互联网O2O模式，骗了不少人投资，后面做不下去，改头换面，变成了餐饮连锁O2O模式，继续"圈钱"，还是有不少人上当；社会上还有"包治百病"的江湖骗子，也都喜欢自封几个"国学大师"或"海归博士"之类的头衔。有些手段高明的人，能用虚的面子搞点事儿出来。

还记得马克·吐温的小说《百万英镑》吗？一个身无分文的穷小子，因为被大家误认为是百万富翁，所以无往而不利，到处受到尊敬和欢迎，甚至凭借虚名赚到了大钱，娶到了白富美。这就是为什么中国有这样的俗语："画虎画皮难画骨，知人知面不知心；见面只说三分话，未可全抛一片心。"

我们刚说的这两种脸面的功用是不太一样的。道德脸面是一个人所固有的，没干缺德事，就不会改变。可是这社会脸面，却可以增加或者减少，可以交易，而且可以借给别人。我们常说给"面子"或者"不给面子"，还有"借谁的面子"。

我们看过很多香港影片里的场景，某帮派小弟在夜总会惹了祸，被关起来，然后他的大哥去替他求情，就会说："看在我的面子上，原谅他这一回吧！"这个例子，就是老大把自己的面子借给了小弟。在生意场上，某A企业老板为了拿到B企业订单，于是请行业中的C朋友帮忙引荐，于是组了个局，请吃了饭喝了酒，最后B企业老板看在C朋友的面子上，给了A老板订单，这就是典型的生意场上的"借面子"和"拉关系"。

比较道德脸面和社会脸面，我们不难发现，丢了道德脸面，要比丢了社会脸面更让中国人难受。在中国人情社会里，面子的影响可大着呢，这是我们的民族性格。面子关系到一个人在他的关系网里地位的高低，关系到他是不是容易被别人接受，还有他能不能享受很多特权。

所以面子是一件特别重要的事，谁要是觉得自己失去面子，他就会自尊心受损，情绪不平衡。我们和人打交道时，即便不能给对方增添面子，也尽量不要伤害别人的面子。否则，他会"有恩报恩，有仇报仇"，将来一有机会，也让你的面子不好看。

三

面子的本质，是社会对个人道德、能力、成就的认可。接着我们来探讨，"面子"是如何影响我们的生活的？

面子管的是社会资源怎么分配。假设，你掌握着社会资源，别人求你办事，要是不同的人来求你，你的态度肯定不会一样。面子大的，你就多帮忙；面子不够，你就敷衍他。毕竟，你帮人办事，肯定要付出你的资源，甚至要担风险、负责任。更不用说资源一共只有这么多，给这个人多了，给那个人就少了，所以这就要看你们之间的关系远近。

有研究称，相比于其他国家，中国人更不乐意去帮助陌生人。在一个文化比较的实验中，实验者在中国上海及美国纽约的街道上拦住陌生的受试者，要求他们帮忙寄信。结果显示：中国受试者比美国受试者更不愿意帮助陌生人。

陌生人之间，因为工作场景的需要而产生的纯粹的功能类关系，称为"工具性关系"。比如你去饭店吃饭，你和服务员之间的关系；

你去公共机构办事，你和工作人员之间的关系，都是工具性关系。相反，要是你们之间很亲近，比如一家人之间的关系，那就是"情感性关系"。又或者你们之间不远也不近，是这两种关系的混合。如果是混合性关系，比如同学、同事或生活中结识的朋友。当然，混合性关系中，你还要判断有多少工具性的成分，多少情感性的成分。

关系不一样，做事法则也就不一样。陌生人之间的工具性关系，当然是公事公办，这叫"公平法则"。一家人之间的情感性关系，那是要多少给多少，这叫"需求法则"。父母抚养子女，子女孝敬父母，可不都是各尽所能，各取所需，没办法计算付出和回报。至于不远不近的混合关系，就要看人情和面子了，这叫"人情法则"。

在现实生活中，这三种关系常常不是简单孤立的存在，所以三种做事法则常常交织在一起，错综复杂。中国有一句古话"结交尽权贵，往来无白丁"，说的是如果谁认识很多能够影响别人的大人物，出来办事就容易很多了。

与此同时，合理利用人情法则，有节制地使用人脉和关系，是很重要的一项原则。

四

所以，在中国人情社会里，面子问题就是社会资源分配的问题。前面说的好像是些简单的小道理，其实不然，这个道理来自中国社会所奉行的儒家伦理。

儒家的伦理在本质上讲的就是资源分配的问题。儒家归纳出人类社会中的五种伦理关系，就是所谓的"五伦"：父子、兄弟、夫妻、朋友、君臣。儒家提倡处理这五种关系的原则是"尊尊"和"亲亲"，"尊尊"是地位的高下，"亲亲"是关系的远近。也就是说，儒家认为，人与人打交道，应该按地位高下决定谁是"资源的支配者"，再按关系远近来决定资源分配或者交易的法则。

我们再看看儒家最重要的伦理原则仁、义和礼。《中庸》说："仁者，人也，亲亲为大；义者，宜也，尊贤为大；亲亲之杀，尊贤之等，礼所生也。"翻译成白话就是儒家主张，我们在和别人交往的时候，要按照"亲疏"和"尊卑"这两个标准。对你应该亲近的人亲密就是"仁"，尊敬你应该尊敬的人就是"义"。把人按亲密程度和尊贵程度分成等级，就是"礼"。

我们进一步解释下：首先，作为"资源的支配者"，你要按照"仁"的要求，来判断你与求你办事的人之间的关系远近。儒家所主张的"仁"，不是对任何人都"一视同仁"，而是按照亲疏远近有所等差，近的是情感性关系，远的是工具性关系，混合性关系在这二者之间。接下来，根据关系的亲疏，恰当地选择采用需求法则、公平法则还是人情法则，就是"义"。最后，面对混合性关系，你应该在考虑利害得失之后，适当地决定怎样采取人情法则、进行人情交易，而这种判断必须符合"礼"。

在"仁、义、礼"这个伦理体系中，儒家最重视的就是"礼"：你要表达出对人的尊敬，同时也获得别人的尊敬。违背了礼，就要伤损面子，叫"失礼"。

前面讲到中国人的面子，一来跟自己的道德有关，一来跟成就有关。道德有好坏，成就有高低；要挣面子，就得把好的一面露在外边，坏的一面藏在里边。这就好像演戏，舞台上全是表演给人看的东西，至于不能给人看的，都藏在后台里面。19世纪的时候，有个美国传教士，写了本《中国人的性格》，曾经在西方特别流行。那本书里边甚至说出，中国人重视面子，是因为我们太喜欢看戏，结果把生活也当成了演戏。

中国传统伦理里的其他很多观念也可以用面子来解释，比如儒家的"孝道"。

儒家认为人的生命是他父母的延续，父母的生命又是祖先生命的延续。所以个人的面子也是包括父母、亲人在内的"大我"的面子。中国人的人际关系有一样特色，就是家人之间有一种"大我"的一体感，一荣俱荣，一损俱损。而家庭之外的混合性关系之间，则一般是"可以共安乐，不可共患难"，一旦某人遇到挫折，别人就难免要跟他划清界限。

儒家社会里，父母通常会鼓励子女追求社会所认可的"杰出目标"。孝道讲究"父慈子孝"，子女应当尽力追求成就，以满足父母的期待。有意思的是，退休老人一般会觉得子女事业成功，要比他们自己取得的成就更有面子。恰好相反，正在读书的大学生则普遍觉得自己成绩良好要比父母的成就更能带来面子。

五

讲完这些理论，我想谈谈我对中国式人情与面子的几点思考：

首先，理解了中国的"人情"，理解了"礼尚往来"是一种传统法则，搞明白了一套人与人之间交往的社会规范，可以帮助你建立更加良性的社会关系网络，帮助你生活更加和谐，事业更容易成功；

第二，对周围的人要有同理心，要有"人情味"，多给别人面子的时候，尽量别去伤害别人面子，这样你就能多结善缘，减少或消除冲突，幸福感也会增加。

第三，中国是个讲究"情理法"兼顾的社会，你既要有公平正义的价值观，又要适当考虑人情和天理，不可滥用手中的权力，去支配社会资源而破坏公平法则，否则终将受到法律的制裁。

第四，中国传统伦理文化，决定了很多企业家的经营心态，进而决定了他们企业的组织形式。在大型家族企业里，中国式的人情与面子问题愈发明显，日益成为企业成长的瓶颈；伴随着中国民营企业的成长和成熟，企业应逐渐建立起现代管理制度，培育成熟的职业经理人模式，实施公平原则，带来更和谐的人际氛围、更开放的气氛、更强的团体认同感。

对于中国式的人情与面子，无论你爱它，还是恨它，无论你是踩它，骂它，对它再不屑，它还是在那里。不如细细琢磨，了解自己处于社会中的什么位置，合理而有度地用好它，正如江中的渔夫唱的那样："沧浪之水清兮，可以濯吾缨；沧浪之水浊兮，可以濯吾足。"

创造出『面子』这个词，是中国人的巧妙智慧。我们都知道『面子』的重要，可是却很难给『面子』下定义。因为面子这个比喻很抽象，它既看不见又摸不着，全靠你的感受。

超级连接者

超级连接者，是乐观主义者，是利他主义者，
是社会网络中的"给予者"。拥有连接思维
的人，人生和事业更容易成功。

一

绝大多数人都希望和别人保持亲密的社交关系。美国加利福尼亚
大学社会心理学教授、知名社会认知神经科学领域学者马修·利伯曼
在他的研究中说："有一个随时可以见面的好朋友，跟一个朋友都没
有的人比起来，他的幸福感相当于一年增加了 10 万美元的收入。而
结婚对幸福感的贡献，也相当于年收入增加了 10 万美元，甚至是你
只要经常看到自己的邻居，经常遇到熟悉的人，哪怕不说话，只是经
常能见见面，那就相当于每年多赚了 6 万美元。"你看，和人交往所
带来的幸福感可以用金钱来衡量。

马修·利伯曼提出，社交的第一驱动力是"连接"。我们可以把
它理解成人与人之间的关系。如果和他人关系保持得好，我们就会觉
得快乐，如果这个连接关系破裂了，就会给我们带来痛苦，我们通常

把这种类型的痛苦叫"社会疼痛"。这种痛苦其实和我们的身体疼痛是一样的，不管你是肉疼还是心疼，对于大脑来说都是一样的。

我们的很多词语就是用身体的疼痛来形容社会疼痛，比如说撕心裂肺、心如刀割、肝肠寸断。虽然这都只是一种比喻，但是也能让我们把社会疼痛和身体上的物理疼痛对等起来。不仅是咱们汉语，世界上还有很多种语言都是这样描述的。

我们天生害怕被拒绝，很多时候我们不敢去跟别人交往，就是因为害怕被拒绝，害怕这种没有建立起来的社会连接。

有一个研究就是调查人们最害怕的事情，排在第一位的是当众演讲。为啥呢？一方面怕自己出丑，另一方面就是害怕别人对你说的话没有反应，或者是有负面的反应，比如说喝倒彩、嘲笑，这种感觉才是最难受的。其实静下心来想一下，这些听众里面，可能很多人根本之前都不认识，听完这一场就走了，也许一辈子也没啥交集。但就是这种和自己一面之缘的人，我们也都很在意他们的反应。

我们大脑的默认状态就是进行社会化思考，并且这个思考是不断发生的，只要你闲下来了，大脑就会自然而然地开始想这些事情。你想想看，有一天你忽然发现自己被朋友拉黑了，会不会觉得莫名其妙地难受。你可能就会开始回忆，自己是不是哪里得罪他了，并且在一段时间里，只要你空闲下来，你的大脑就开始不由自主地琢磨这件事情。

社会连接的中断，会产生社会疼痛，反过来，我们社会连接的增加，会让我们更快乐，更能增加我们的社会愉悦感。当然这种快乐其实和我们身体上的生理满足是一样的效果。就比如说我们刚刚建立起一段恋爱关系的时候，会感觉到非常幸福。或是最常见的，发条朋友圈有很多人评论，写个文章有很多人好评并转发，这些都是社会性连接给你带来的幸福感。

那怎么才能获得更多的社会愉悦呢？那就要进行合作，因为合作才是我们大脑的天性，自私本来就不是我们的本质。我们天生富有同情心，帮助别人会让我们觉得开心，我们的大脑更喜欢给予而不是索取，利他主义其实是我们天生具备的一个品质。

二

我们处在人脉网络的时代，每个人都有自己的人脉网络，它影响并改变着我们的生活和工作。

我们都知道，在职场上人际关系非常重要，就算你很有能力，也有很好的策略，但是如果没有良好的人际关系，也很难获得成功。由于我所做的工作是企业家社群运营，为企业家和创业者服务，对创业者群体很熟悉，其实创业者除了关注自己的产品和服务之外，还应该快速全面且系统地建立起自己的人脉网络，并将有效资源发挥最大效率，帮助公司快速成长。

最佳的职场关系网是有凝聚力的，又有着多样性。我们的职场人际关系大体分为三种类型，分别是：强连接、同盟、弱连接。

强连接就是你常常打交道的、和你最熟悉的人，比如说你的同事，你的家人。同盟关系就是和你有共同的利益点的那些人，比如说你的客户、供应商、事业合作伙伴等等。

弱连接指那些彼此之间认识，但是不常见面，还没有那么熟悉的人。比如说你在某个场合认识的新朋友，你们彼此的印象都不错，换了名片也加了微信，但很少联系。

前两种关系都是我们相对比较熟悉的人，几乎是和自己在同一个圈子里的人。但由于大家的朋友都比较类似，小圈子往往会限制自己，反而那些在你圈子之外的人能开阔你的视野，能带来新的机会，所以要走出自己的小圈子，去关注弱连接关系。那么应该怎样维护弱连接关系呢？

咱们先来换位思考一下，别人为什么要和你交往呢？就是因为你能为别人创造价值，直白点说就是你对别人有用。因为职场的关系是建立在互助互惠的基础上的，所以维护弱连接关系其实也很简单，就是能为别人着想，经常主动帮助别人。

中国文化中的"舍得之间"也表达了为人智慧。只有你成为对他人有用的"贵人"，上苍就会奖赏给你"贵人"。西方有一句谚语也是表达此意：上帝为你关上一扇门，必定为你打开一扇窗。

要想成为他人的贵人，你就要成为"给予者"。要做到这一点就需要我们先去了解别人，去想想别人最关心的是什么？最近遇到什么难题？他的兴趣爱好是什么？想清楚这些，就可以从小事上入手，经常给人制造一些小惊喜，比如说你在网上看到了对别人有价值的文章，就可以随手转发给别人。如果你知道别人正遇到一些难题，你也可以给他提供一些重要的建议或者有价值的反馈等等。除了这些，你还可以主动地让别人去了解你，告诉他们你可以做什么，当别人有需要的时候，就会想到你。你和别人就产生了连接。

输出价值还有一个途径，就是要成为别人的桥梁，主动地帮别人介绍关系。在我运营企业家社群的十年里，充当着无数回桥梁，有生意往来，有项目投资，也有公共关系，甚至是医疗的资源。有一次，我的一位企业家朋友的父亲得了肝癌中晚期，通过人脉网络我介绍了广州一家医院的知名医生，他综合检查结果，给出了一套科学合理的治疗方案。结果救了这位企业家朋友父亲一命，这件事直到现在他还一直感激我。

所以，科学而高效地建立和管理自己的人脉，不仅可以让我们获得他人的帮助，更可以使自己成为帮助别人的贵人。无论是商界巨贾还是政界领袖，如美国前总统里根、GE 前 CEO 杰克·韦尔奇、微软的比尔·盖茨、阿里巴巴的马云、小米的雷军等，他们的成功，无一不是很好地运用了自己的人脉。而这一切在普通人看似难以想象的事情，其实每个人都可以做到。

我给自己设立了一个"连接基金"，用这笔钱来支付维护关系的开销，比如说经常约人一起喝杯咖啡、请别人吃个饭、举办个活动邀请人来参加等等。这样我们和其他人的关系就能细水长流。我们中国人常说"见面三分亲"，无论互联网如何改变我们的沟通方式，人与人之间信任和情感的连接都不离开见面。

三

你可能会问，我们每个人的时间和精力都是有限的，怎么维护那么多人际关系呢？

连接越多，重要的沟通可能会越少。人类大脑的一个功能就是识别人，那些对我们很重要的人。1993 年，人类学家罗宾·邓巴（Robin

Dunbar）发表了论文，描述人脑能记住的稳定社会关系的数量。根据邓巴的研究，人们能保持联系并分配时间的最佳关系数量是 150。

所以，请你思考一下，你关系网中人脉的数量是多少？

选择人脉连接的质量比数量更加重要。商业思想领袖朱迪·罗宾奈特（Judy Robinett）根据邓巴的研究，提出了她的"钛合金人脉关系网"，由三个圈组成。由里往外分别为：

顶级关系人（Top 5）。5 位与你关系最近的人，经常联系，他们是你愿意用生命去相信的人。

关键关系人（Key 50）。50 个重要关系，代表着你的生活和商业价值，你小心呵护其中的朋友，并始终寻找增加他们价值的方法。

重要关系人（Vital 100）。这 100 人，你应按计划定期联系，你凭借有人情味的沟通和不断提供附加价值与他们保持良好关系。

我在"钛合金人脉关系网"的基础上，结合自己十年的社群运营经验，提出"超级连接者人脉网"，即在三个圈层的外面，再加一个圈层，取名叫"铁杆粉丝 1000（Power 1000）"。

在社交网络发达的互联网文明时代，学会做一个"超级连接者"非常重要。互联网技术让我们的连接扩展了边界，互联网平台让我们有机会影响更多的人。比如，微信、微博、Facebook、Twitter 等社交媒体平台，或喜马拉雅、得到、抖音、今日头条等内容生产平台，让我们有机会成为"超级连接者"。

著名作家凯文·凯利说过："要成为一名成功的创造者，你不需要数百万粉丝。"为了谋生的话，作为一名摄影师、音乐人、设计师、作家、主播、App 制造者、企业家或是发明家，你只需要 1000 位铁杆粉丝。这里的 1000 个粉丝，不是一个定数，具体看你个人的资源结构和影响力。

要连接好第四圈层，即这 1000 位粉丝群体，你需要做好粉丝的运营和精细化管理，也就是我们通常说的经营社群。经营好自己的社群，不仅需要很强的组织管理能力，还需要持续不断的内容生产能力，这两者缺一不可。

当你有了自己的千位铁粉，就有了最基本的传播源，就有了裂变的基础，你就可能成为真正的超级连接者。比如，罗振宇通过 60 秒的语音内容，不断吸粉，持续裂变，最终形成"逻辑思维"百万粉丝的超级连接平台；华大基因 CEO 尹烨，通过在喜马拉雅平台开设"天方烨谈"节目，吸收数十万订阅用户，通过每天谈基因与健康，连接数十万的粉丝。

四个圈层的关系网，由里及外，可分别对应着前面所提的强连接、联盟、弱连接。当以"5+50+100+1000 人脉圈"组织关系稳定时，你会拥有清晰可控的人脉社交网，从而让生活和工作更加轻松。

形成这种模式的第一步，是评估当前的关系，把联系人放在合适的位置上，这需要一个思考的过程。

我的做法是画一张人际关系结构图，在"超级连接者人脉圈"的基础上，分别标识出生活与工作中的连接，工作中的连接再分成强连接、联盟和弱连接，然后定期进行评估、反馈和调整。

四

在纷繁复杂的世界，如何进行明智的连接？ 如何找到支持者并让他们持续支持？ 如何影响更多的人？ 如何让连接超越传统的人际关系？ 如何通过连接实现最终的成果？

回答这些问题，我们需要总结和提炼"连接思维"。我们生活在一个万物互联的时代，我们几乎不可避免地会彼此连接。我们坚信，连接思维是这个时代的大浪潮。

当今这个时代，我们可以通过移动、社交和数字技术，获取全世界范围内大量的数据、知识和集体智慧。这种连接性使我们有能力解决重大问题，将理想转变成为现实，创造令人惊奇的产品。将我们自己与全球数十亿人的想象力和洞察力连接在一起时，就会发现连接思维的大浪潮正在革新我们的生活。

星巴克利用"我的星巴克"（My Starbucks）平台，鼓励忠实顾客进行产品和服务创新。在五年内，顾客提交了150000个新点子。星巴克最早投入使用的以顾客为中心的设计是一种新型搅拌棒，它既可以搅拌咖啡，也可以封住杯盖上的饮用口。这就是连接思维发挥作用的地方：这种精妙的解决方案是在连接时代才可能出现的。

现在，我们试图来给连接思维一个定义，连接思维是融合世界范围内多样化的人员、网络、学科和资源，创造价值、意义和突破性成果的能力。对我们而言，连接思维简洁、高效且极具启发性：确定梦想，增加连接，放大梦想，成就未来。

连接思维要求你要有足够开放的心态。如果连接思维只与传统的人脉有关，那么只有外向的人才能发挥优势。但是连接思维建立在对技术和传统信息形式的利用以及情绪智慧之上，这种情绪智慧使其成为一种内向的人也可以利用的资源。就连接思维来说，大局观和好想法与自我推销的能力一样重要。我们既要理解何时和如何独立工作，也要知道如何实现协作。

作为一个团队，来自不同时代的我们共同完成的成就比单打独斗时多出许多。我们几乎在所有的行为中都体现出了连接思维。我们相信如果更多的个人和组织掌握了连接思维的力量，他们将深刻地改变现在及未来生活和工作的方式。

理解连接思维只是你英雄之旅的第一步，而要成为超级连接者，你还需要持续的奉献、勇气和毅力。

最后，我们来总结什么是"超级连接者"。我把能够深度理解"连接"概念，运用"连接智慧"去经营自己的社会网络，以及通过"连接思维"去实现人生价值的人，称为"超级连接者"。

我的做法是画一张人际关系结构图，在「超级连接者人脉圈」的基础上，分别标识出生活与工作中的连接，工作中的连接再分成强连接、联盟和弱连接，然后定期进行评估、反馈和调整。

"巨婴型"企业

所谓"巨婴"，就是有了成年人的年纪和身体，但心智还停留在婴儿阶段，呈现"幼态持续"状。

一

2018 年 6 月 6 日，中兴通讯与美国商务部工业与安全局签署和解协议，撤销禁运令。面临着巨额的和解金，中兴通讯显得束手无策。在刚收到禁令的时候，中兴通讯董事长殷一民在新闻发布会上讲到："美国的禁令可能导致中兴通讯进入休克状态。"

一个国际大企业，在一纸禁令下竟然摇摇欲坠，这让很多人对中兴失去了信心。为了保住这家国际企业，中国就中兴事件投入了大量资源与美方严正交涉，最终在交付巨额和解金的情况下得到了解决。

侥幸心态是企业发展中最致命的问题，一家企业是否成熟可靠，我们不光光要看它的规模，同时也需要了解企业是否具备稳重、踏实的精神。

作为民营企业如果没有一种服务群众的心态，而是一味希望通过扶持帮助解决难题，这只会让企业的个体竞争力大幅度下降。很多企业在创业阶段都有着十分强大的核心竞争力以及技术壁垒，但随着企业的发展日渐壮大，它反而很多事情都疏于管理，成为了市场上的"巨婴型企业"。

这里所谓"巨婴"，从字面意思不难理解，就是有了成年人的年纪和身体，但心智还停留在婴儿阶段，呈现"幼态持续"状。

在国内的心理学家中，武志红是其中被大众所熟知的一位，前段时间我看了他写的《巨婴国》一书，它描述的"巨婴"的三个心理特征，包括共生心理、极度自恋和偏执分裂等，颇有感触。

本文谈谈我对中国企业的观察，从巨婴说起。

二

在中国，不少国企不仅有"巨婴"心理，还有"巨婴"思维，奉行着"会哭的孩子有奶吃"的心态。缺乏自生能力的巨婴，和母爱泛滥、父爱主义是一枚硬币的两面。中国在市场化进程中一直力图超越，希望消除"家长制"带来的政企不分、微观干预和刚性兑付（如出了问题政府兜底），一会搞托市救市一会搞行政限制等。

父爱主义在中国的兴盛，有"家天下""父母官"等文化的影响，有计划经济体制的惯性，有通过行政权力而不是司法程序解决问题的习惯，可谓根深蒂固。而就父爱主义和国企巨婴的关系，也是盘根错节，不可简单论之。

2018年8月，渤海钢铁集团宣布破产，债务高达2000亿元人民币，涉及105家债权人，令全国震惊和叹惋。而在短短的数年前，渤海钢铁曾两度上了美国《财富》杂志评选的世界 500 强企业榜单。

这是一家速成的世界 500 强，是天津市政府极力促成的，遗憾的是，这是一个超大的"巨婴型企业"。渤钢在短短六年内倒塌，至少与两件事有关，一是表面服从"拉郎配"重组，二是不合时宜的借贷扩张。2012 年开始，中国钢铁行业进入"寒冬"，销售利润率始终小于 1%。尽管钢铁价格跌至"白菜价"，但危如累卵之际，渤海钢铁依然在举债扩张。到了 2015 年，在钢铁市场严重萎缩和产能过剩的双重打击下，渤海钢铁最终难以为继，并在 2016 年倒下，这家天津国有企业一夜成名。超大巨婴企业怎样速成起来的，最终又怎样坍塌了回去。

在中国经济中，父爱主义其实也不只是和国企有关，各地大量的优惠补贴政策，不少也针对民企；地方支柱企业出现问题，即使是民企，地方政府也会开协调会，协调债权方关系；地方集资弄成社会问题，政府有时也忙不迭地担保，帮助刚兑。

同样是在 2018 年，国家发改委、财政部、国家能源局联合印发《关于 2018 年光伏发电有关事项的通知》，全面降低分布式光伏电量补贴。《通知》一发出，立刻引致 11 家光伏大佬联名"紧急诉求"，希望政府财政补贴要及时到位，否则后果不堪设想。

可以看出，光伏行业的政府补贴对企业是何等重要，补贴减少，就引来了光伏企业的集体反弹。显然，这些光伏企业正是依靠着来自财政的补贴才能生存，才能在国际市场上低价竞争。问题是，这样的非市场行为消耗的是我国政府的补贴，政府的补贴不就是来自我们每一个人的税费上缴吗？

这些巨婴企业，背靠政府补贴的大树，就能够生存，就能够发展。一旦没有补贴，就开始"哭爹喊娘"了，这哪里还是市场经济中的企业行为呢？

当我们能够给所有婴儿同样的生命规则和生长条件，巨婴现象就会彻底化解。规则一致，对民企有利，对国企也有利，有利于国企真正按照市场化原则参与竞争，并获得应有的激励。

三

2018 年，是金立手机的"水逆年"。

自从金立手机被牵扯出债务危机后，很快这个曾经无比辉煌的手机巨头就陷入了资金链紧张、股权冻结、公司重组、资产出售等负面传闻中。

事实上，所有的传闻恐怕都并非空穴来风，我们来看一组来自市场研究机构 Counterpoint 给出的数据：2016 年，金立手机销售量为4000 万台；2017 年销售额则下滑到 3000 万台；到了 2018 年仅销售478 万台。这种销售额断裂式下降预示着金立手机企业内部发生了不可调和的巨变。

金立手机的没落源自于其失去了自己的核心竞争优势。对于企业发展而言，营销与核心技术的发展需要取得一定的平衡，并且交替发展，如此才能够在营销与技术更新中实现利润最大化。

然而，在金立手机的发展过程中，其营销与技术两者间的平衡早在几年前就已经被打破，"重营销，轻技术"的发展战略让金立手机渐渐走向了市场的边缘，也让很多新生代企业有机可乘，将金立手机挤出了行业第一梯队。

其实，金立手机的没落对当代民营企业有一定的警示作用，对于企业而言，一旦企业内部发生失衡且没有得到及时解决，企业发展便很容易走入深渊。而出现这样的情况，企业的经营者需要承担绝大部分的责任。一个无法根据企业实际情况调整战略的决策者，其决策思维必然是幼嫩且浅薄的。

历史学家在谈到人的起源时，总是强调"适者生存"。企业的道理也一样，如果永远有一个温室，不用变化，不用冒险，企业就站不起来，生理块头再大心理也是婴儿。

金立的黯然落幕，源于其"巨婴"心态和思维，同时它的结局也给了中国制造业很大的警醒：创业容易，守业难，市场和环境风云变化，没有核心竞争力，没有创新的企业文化，很难永远立于不败之地。

四

"独角兽"为神话传说中的一种生物，它稀有而且高贵。"独角兽公司"这个概念是 2013 年由一位美国投资人 Aileen Lee 首次提出的，指的是那些估值达到 10 亿美元的创业公司。

"独角兽公司"确实是一个好创意，从此科技型、创业型企业群体有了价值评判和排序的依据，也让资本市场和创业公司都有了对准靶心的方向。但是，可能也正是因为如此，资本市场对于独角兽公司的追捧持续升级，创业公司为了让自己变得更像独角兽而不断自我包装，让这个名字不仅有了光环，还产生了幻象，以至于堆积了大量的泡沫。

于是，"独角兽公司"创造了一个磁场，把大量的资金、人才、品牌快速的、成倍的吸引过去，这种磁吸效应当然有利于公司发展业务。然而，如果磁场过大，快速堆积的营养变成了"催熟剂"，独角兽可能面临着一个巨大的风险，即成为"巨婴型企业"。

企业成长生命周期曲线告诉我们，从创始导入期，到加速成长期，再到成熟期，最后进入衰退期或者变革转型期，企业的生生死死都在这样的生命周期曲线规律下演进。

与此不同的是，被大量营养"催熟"的独角兽企业，能够借助资本的力量在正常公司三分之一，甚至五分之一或者十分之一的时间内，基本没有导入期就直接进入超高速的扩张期和成长期。

这种模式带来的巨大风险是，企业"骨骼"发育和"神经"发育严重脱节，企业的外形是"成人"，大脑还停留在"婴儿"阶段。在肌体超速成长的过程中，人数每年呈十倍增长，业务边界呈十倍扩大，但是管理体系如何应对几何级数增加的管理复杂性？企业文化、公司风格的塑造如何在极短的时间内完成？如果"灵魂"跟不上"躯体"，独角兽企业将变成典型的"巨婴型企业"。

ofo小黄车就是被资本提早催熟的"巨婴"。北大硕士毕业的创始人戴威，短短数年经历了人生的大起大落，从创业风风火火到冷淡收场，似乎这才是我们常见的创业失败者的典型。

在创业初期，公司扩建，因为资金流充足，大家都搬去了最好的办公楼，给每个高管配豪车，请当红流量代言，当时人人都觉得，戴威是又一个将被写进成功学书籍的人物。

然而谁能料想，不到一年时间，小黄车就从天堂跌入了地狱。走到人生谷底的戴威发表了一篇微博，大意表达的是创业失败了不应当只怪自己，资本有责任，消费者也有责任。

"唯快不破"成为巨婴型企业的座右铭，任何时候都要快，更快，再快一点。不看长远价值，只追求眼前的短期利益是"巨婴型公司"的通病。

成年人在路上一直飙快车都极容易翻车，何况是小孩开车，而且有时候还是山路。所以，任何时候都要警惕自己的公司有成为"巨婴型企业"的苗头，尤其是创始人的心态一定要清楚：时刻告诉自己，慢一点没什么不好。

五

武志红在他的《巨婴国》中描述，能认识到自己是"巨婴"或者身上有"巨婴"的潜质，这已经是一件非常不容易的事了，因为自我觉察是问题得到改善和解决的最重要一个环节。

接下来，别那么抵触这个概念，人人都可能是"巨婴"，性格中或多或少存在着共生、全能自恋或偏执分裂的特征。认识到这些之后，你就可以用相对轻松的心态通过这些概念认识自己，并学习如何跟这样的自己相处，然后设定时间和计划去改善和成长。

企业亦是如此。

156 这里想再说一下中兴通讯。虽然中兴在合规方面存在严重问题，但我并不认为中兴就是巨婴。中兴于 1985 年在深圳成立，的确是国企出身，如同前一年成立的万科一样。但它一出生就是市场化企业，中兴发展史，是在市场上参与竞争、不断壮大的奋斗史，而不仅仅是"巨婴式哺乳"。

我还想到了另一家深圳企业，TCL 集团旗下的华星光电。当年 TCL 在并购汤姆逊和阿尔卡特后遭遇重大挫折，企业也是岌岌可危。但李东生没有逃避，没有气馁，而是选择重新出发。他在内部发起文化变革，推动"鹰的重生"。

李东生通过内部发文，向所有员工讲述这样的一则寓言：老鹰活到四十岁时爪开始老化，啄又长又弯几可及胸，羽毛过于浓密、厚重几致难以飞行；此时，老鹰面临痛苦重生及等死的选择。老鹰得勉强飞到悬崖上筑巢，靠着击打岩石拍掉长啄，以新长出的啄拔掉老爪甲，再以新生爪甲拔掉老旧飞羽。经历这段"剥夺"、"苦难"、"饥饿"、"口渴"、"无力"的困苦，五个月的淬炼，老鹰焕然新生，便可再翱翔天际三十年。

从"巨婴"到"雄鹰"，中国企业需要磨砺和蜕变。如果中国企业或者像雏鹰展翅，或者像鹰的重生，在山巅之上，在苍穹之间，不屈不挠，不畏不惧，不等不靠，则再黑暗的时间也不会将它们遮蔽。

借用著名教育家傅雷先生的一句话，"战士啊，当你知道世界上受苦的不止你一个时，你定会减少痛楚，而你的希望也将永远在绝望中再生了罢！"

经历这段「剥夺」「苦难」「饥饿」「口渴」「无力」的困苦，五个月的淬炼，老鹰焕然新生，便可再翱翔天际三十年。

成长密码：从平庸到伟大

柯林斯团队的研究解开了一个管理之谜，并得出一个激动人心的结论：企业从平庸到伟大的跨越，确实是有章可循的。

一

在商业世界，几乎每一个企业都怀揣着一个伟大的梦想，刚创立的企业希望可以顺利度过生存期，小企业希望成长为一个大企业，大企业希望发展成为世界 500 强。

尽管企业创始人皆怀伟大梦想，并为了实现梦想殚精竭虑，然而现实中真正可以实现从弱到强、从平庸到伟大的企业少之又少，大多数企业平平淡淡，甚至一遇到经济危机则摇摇欲坠，抗风险能力弱，更不用谈及卓越或是伟大。

吉姆·柯林斯凭借超级畅销书《基业长青》成为当代最知名的管理学家之一。正当《基业长青》大卖时，柯林斯在麦肯锡的一位朋友直截了当地说："你这本书一点用处都没！"这让柯林斯大吃一惊。原来，这位朋友认为，《基业长青》里研究的企业好像都自带着卓越基因，从诞生之日起就卓越，但这样的企业少之又少，绝大多数企业是平庸的，他们想奋力直追，该怎么办呢？换句话说，如果天生不是高富帅，该如何逆袭呢？

这是一个管理之谜：有一些公司长期表现平庸，甚至半死不活，为什么会变成伟大的公司？这个问题有点像商业世界里的"黑匣子"，激发了柯林斯的好奇心，于是他立刻行动起来，成立一个由21人组成的研究团队，耗时5年，通过一套独特的研究方法，最后终于写成了《Good to Great》这本书。柯林斯团队的研究成果既出人意料，同时又振奋人心。

柯林斯团队的研究方法很"特别"。我们知道，医学上想要验证一种药物有没有疗效，必须设置对照组。通常是把病人分为三组：一组服药，一组服安慰剂，一组什么都不吃。只有通过比对这三组病人的反应，才能知道这个药是不是真有效。柯林斯团队就借鉴了这种研究方法，引入了严格的对照组公司。

首先，他们严格界定了什么是从平庸到伟大的标准。这些公司成立要在30年以上，前15年必须要平庸，累积股票收益率要小于或等于市场平均水平；后15年要伟大，累积股票收益率要达到市场平均水平的3倍以上。此外，如果某个行业在后15年中恰好坐在了风口上，整个行业的收益率都大大高于市场平均水平，那么这个行业内的公司也排除在外。

按照这种极为苛刻的标准，柯林斯团队对1965—1995年这30年间，上过美国《财富》500强的全部1435家企业进行了拉网式筛查，最终只找到了11家符合标准的公司。接着，根据样板公司的情况，柯林斯团队又精心挑选出两组对照公司。第一组是11家直接对照公司，这类公司和跨越之前的样板公司非常相似，处于相同行业，规模和业绩也差不多，但是却从来没有实现从平庸到伟大的跨越；第二组是6家未能保持卓越的公司，这类公司实现了短暂的跨越，却昙花一现，没能保持住优势，很快又跌回了平庸状态。样板公司及两组对照公司加起来，一共是28家公司。

经过了5年的漫长研究，柯林斯团队从定性到定量的角度对这28家公司的战略、文化、财务、人事等各个方面进行深入的分析，研究和数据探究，最终宣布，他们找到了几个实现跨越的关键要素，并得出一个激动人心的结论：从平庸到伟大的跨越，确实是有章可循的。

二

柯林斯团队找到的关键要素到底是什么？具体分为三个方面：人员、战略和动力机制，分别对应三个关键词：第五级经理人、刺猬理论和飞轮效应。

先来看第一个要素，人员要素，对应的关键是第五级经理人。柯林斯按能力大小将经理人分成五个等级，所谓第五级经理人，就是处于金字塔最顶端的领导者。他发现，所有样板公司在实现跨越时的关键职位，都拥有第五级经理人，而对照组公司就没有这样的领导者。

我们先来理解什么是"第五级经理人"。

第五级经理人，对应着"第五级领导力"，它的显著特征是将个人的谦逊品质和职业化的坚定意志相结合。

"谦逊的个性、不以个人成就为目的"是第五级经理人的特征。

从外表来看，他们不居功自傲，也不喜欢抛头露面、招摇过市。"坚定的意志"，首先是使命清晰，目标明确，并且愿意为之努力奋斗，同时拥有永不放弃的决心，无论遇到多大困难和阻力，也要千方百计去实现目标。

所以，第五级经理人最核心的精神是厚德载物的谦逊精神和执着坚韧、持续追求卓越业绩的精神。此外，第五级经理人把公司的成功放在个人成功之上，在实际领导中，第五级经理人更重视团队建设，取得成功时把功劳归于别人或者运气，遇到挫折时从自己身上找原因。

柯林斯列举了一个典型的第五级经理人的例子。金佰利公司的传奇 CEO 达尔文·史密斯。金佰利公司原来是一家传统造纸企业，主营业务是生产铜版纸。这个行业不景气，公司经营也不好，在实现跨越前的 20 年中，公司股票跌到了市场平均水平的 36%，到了破产的边缘。此时，史密斯临危受命，出任 CEO。在此之前，史密斯一直担任公司内部律师，平时寡言少语，毫不出众。事实上董事会让他担任 CEO，不是因为他能力有多强，而是认为他更熟悉处理公司破产流程。

结果，奇迹出现了。后来发生的事，连史密斯本人都未曾料想过，他在这一位子上一坐就是 20 年，创造了一个商界奇迹：金佰利公司从一家半死不活的三流公司，一举变成世界一流的纸质消费品企业。公司的拳头产品好奇纸尿裤、舒洁纸巾等成为全球知名品牌，公司的全部 8 个产品系列中，有 6 个超越了行业巨头宝洁公司。

那么，史密斯是如何做到的呢？ 在公司最困难的时候，他表现出了最坚定的领导意志：卖掉公司所有的造纸厂，放弃传统的铜版纸业务，宣布全面进军纸质消费品行业，和行业巨头宝洁公司展开正面竞争。当时，华尔街的投资人都认为史密斯疯了，公司的股票惨遭降级。面对外界的质疑和公司内部的不信任，史密斯毫不动摇，他坚信只有盯住世界级的竞争对手，才能实现自我超越。

在史密斯身上，我们看到了一种双重人格特质：极度谦逊的为人和极度坚定的意志。与公司辉煌的业绩形成鲜明对比，史密斯本人极少在媒体上露面，在公众中默默无闻，他所追求的是实现公司跨越的目标，而不是个人的财富和名气。极度坚定的意志，意味着他有极强的自我驱动力，坚信自己的判断，有为实现伟大目标而扫除一切障碍的决心和勇气。

与金佰利公司比较，对照组公司在陷入困境时，喜欢花高价请外援，请商界名流空降来担任 CEO，指望"外来和尚好念经"，这招常常不管用，还让情况更糟糕。

按照柯林斯的标准，我们来看看中国有没有这样的第五级经理人。我第一个想到的是腾讯公司的创始人兼 CEO 马化腾。

过去 20 年，腾讯公司从未停止过自我进化的脚步，保持着每五年调整一次的节奏，马化腾始终在挑战自己的认知和经验。腾讯今天成长为全球顶尖的互联网公司，与马化腾这样的领导者密不可分。

与张朝阳、李彦宏等留美归来的"高富帅"相比，深圳大学计算机专业出身的马化腾，身上没有任何特殊光环。腾讯创立之初做的是网络寻呼机这样的边缘产品，马化腾和腾讯看起来就像小米加步枪的草根班子。马化腾是一个低调务实的技术控，他身上的气质不同于大多数明星企业家，这些气质很大程度影响着腾讯的文化和命运。

马化腾不推崇个人英雄主义，更强调用产品说话。他在内部管理层会议上多次强调，腾讯应该打造出依靠体制化动力的成熟体系，而不是依靠个人精英。所以在一段相当长的时间内，马化腾并不被外界所熟知。

除了低调谦逊的个性外，马化腾内心极为坚毅。腾讯创业初期，几次因为缺钱差点死掉，而今天腾讯的江湖地位，是靠一场场硬仗打下来的。

在中国互联网史上，腾讯与微软 MSN 一战具有里程碑意义，这是中国互联网公司首次在家门口面临全球巨头的直接挑战；2005 年腾讯推出 QQ 空间，正式进军 SNS 社交网络领域，一年后腾讯与当时最危险的敌人 51.com 开战，狙击对手"农村包围城市"的企图，战火遍布全中国几乎每一个网吧；2010 年与奇虎 360 发生"3Q 大战"，加速腾讯走开放战略；接着中国迎来了移动互联网时代，腾讯的"微信"一经推出，很快与小米的"米聊"开战，结局大家都知道；再到后来微信与支付宝的战争等，马化腾和腾讯可以说是一路打过来的。

当然，腾讯的成长，恰巧是在中国互联网产业的风口上，如果按照柯林斯的标准，作为研究是要排除在外的；至于未来腾讯能否成长为一家伟大的世界级公司，今天我们尚无法下定论。然而，毫无疑问，马化腾是一位典型的第五级经理人，一次次地突破自己，带领腾讯完成一次次的转型和跨越。

三

柯林斯团队找到的第二个关键要素，是公司战略层面的因素，对应的关键词叫"刺猬理论"。

　　要实现从平庸到伟大的跨越，制定正确的公司战略肯定是必不可少的因素，然而，柯林斯团队一开始却十分困惑：从表面上看，所有公司都有明确的战略规划，制定战略上投入的资源也差不多，看不出样板公司和对照公司有什么明显的差别，这难道是说公司战略其实不重要吗？

　　柯林斯团队经过反复研讨、比对，最后发现：样板公司的战略都非常简单，用一句话就能说完。比如，样板公司之一的连锁药企沃尔格林公司，它的战略就是"最好、最便利的药店，可观的单位顾客光顾利润"，也就是让每位来店里的顾客都贡献尽可能多的利润。

　　但是，简单就一定更好吗？ 简单容易做到，但既简单、又正确的战略如何保证？ 为了搞清楚样板公司的战略究竟有什么奥秘，团队成员又经过几个月的深入研究，最后将他们的发现总结为刺猬理论。

　　柯林斯解释的刺猬理论，意思是无论狐狸想任何办法来谋害刺猬，刺猬只需要缩起来，狐狸就无计可施了。由此说明一个企业只要找到一个简单有效的战略，无论市场和对手发生任何变化，都能轻松应付，获得快速增长。在研究中，对照公司更像是狐狸，它们总是想着同时去做很多事情，但由于缺乏一致性和耐性结果失败；而样板公司更像是刺猬，它们只知道一件大事，在这件事情上坚持不懈，结果成功实现了跨越。

　　这"一件大事"，就是柯林斯说的刺猬理论，它看似简单，但必须从三个方面去深入思考，才能摸着门道。这三个方面是：第一，我们最擅长干什么；第二，我们对什么事最感兴趣；第三，怎样才能从这件事中获得最大回报。这三个问题像是三个圆环，你应该干的那一件大事，也就是简单而有效的战略，就是这三个圆环的交集。所以刺猬理论也被称为"三环理论"。

还拿连锁药企沃尔格林公司为例。这个家族企业本来同时经营连锁药店和连锁餐馆，但经营状况一般。企业的第五经理人小沃尔格林接手后，经过反复思考，终于想明白了一件事：经营餐馆不是企业的未来。并不是说餐饮业不好，而是他清晰地认识到，公司并经营餐馆这件事上并不具备优势，不能成为行业内最优秀的。但是，经营连锁药店，特别是便利连锁药店，公司有可能做到最好，成为世界上最优秀的连锁药店。这件事比做餐饮更能让他们激动、更有意义。也就是说，小沃尔格林找到了三环中的二环：他们最擅长和最感兴趣的事情，于是他便毫不犹豫地卖掉了全部的 500 家餐馆，把这笔钱用来高速扩张连锁药店。

接着，问题迎刃而解，寻找最后一环。怎样才能从这件事中获得最大回报？小沃尔格林把注意力集中在一个指标上，就是单位顾客光临收益，而传统连锁药店一般是看重单位药店获得的利润。这两者的区别在哪里？ 想要单位药店获得的利润最大，那门店就不能太密集，因为会相互分流，但小沃尔格林反其道而行，他的战略是密集开店，在城区每英里有 9 个药店，平均每隔几百米就有一家，来保证极高的便利性。这样，沃尔格林找到了自己的刺猬理论，从 1975 至 2000 年，沃尔格林的累积股票收益率超过市场平均 150 倍。

发现并成功运用刺猬理论的还有连锁便利店 7-11，采用的是同沃尔格林相似的战略。在日本东京或是在泰国曼谷，每几百米就有一家7-11，24 小时营业，门店商品品类十分齐全，既满足了顾客便利性，也增加了单位顾客光顾利润。这一简单战略，让这家全球连锁便利店在电商风起云涌的时代屹立不倒。

深圳万科最早是一家什么都做的公司，包括旅游、物流、超市、住宅开发等。现在的华润万家超市以前就是万科开的，但是在最赚钱的时候，王石把它卖给了华润集团，然后确定了万科走城市商品住宅开发的专业路线。可以说，确定"城市商品住宅开发"的战略，既是万科擅长的，也是最感兴趣，还是回报率最高的，王石有意无意地找到了自己的"大刺猬"。

四

最后一个要素，是动力机制，对应的关键词是飞轮效应。

什么是"飞轮效应"？ 你现在想象一下，在你面前有一个巨型轮子，轮子的直径有30米，宽度有3米，重26吨。现在你的任务，就是让这个轮子飞速转动起来，越快越好。你使出浑身解数来推它，但轮子纹丝不动，你毫不气馁，继续朝同一个方向使劲推，终于轮子缓慢地转动了那么一点点。但是由于轮子本身太大，旁人几乎看不出什么变化来。你继续一点一点地推动，轮子非常缓慢地转完了一圈、两圈，速度没什么明显变化。但是，等轮子转动到100圈、200圈之后，你忽然发现，轮子积累的动量越来越大、转速越来越快，你甚至不需要再花很大力气，轮子凭借自身的惯性就飞速运转起来。

这就是柯林斯所说的"飞轮效应"。在整个跨越过程中，你不可能找出某个见证奇迹的时刻，或者某个一抓就灵的手段，说这就是成功跨越的根本原因，实现跨越靠的是朝一个方向持续不断地努力，一个行动接着一个行动，一圈又一圈，所有因素的合力最终让轮子飞转起来。

比如著名的亚马逊公司，它从 1997 年上市起，连续十多年一直处于亏损状态，直到 2015 年才开始稳定盈利；但在那之后，公司的市值开始高速增长，到 2018 年 8 月，亚马逊市值全球排名第二，仅次于苹果。亚马逊的成长轨迹，就是一个典型的飞轮效应：卖广告既轻松又来钱快，但亚马逊偏偏不去挣，而坚持去做那些费力不讨好的事情，比如坚持给客户最好的体验、培育第三方卖家、做云服务等等，这些事情在很长时间内不能带来现金收入，但是相互配合，可以形成一个既完整又宏大的业务逻辑。十多年来，亚马逊推动这个业务逻辑转了一圈又一圈，虽然外人看不见，但它一直在默默地积累动量。最终，巨轮开始加速，到后面越来越快、势不可挡。

与飞轮效应相对应的，是"厄运之轮"。对照组公司不愿意下苦力去推动轮子，总是喜欢通过搞事情、做声势浩大的动作来碰运气，看轮子能不能转起来，看到一个方案不起作用，马上换新方案，朝完全不同的方向去推轮子，不行再换，结果，所有的努力没能形成合力，连续的挫败耗干了员工的士气，这就是厄运之轮。管理者应该时刻警觉，你的企业到底是坐在飞轮之上，还是陷入了厄运之轮。

以上就是实现跨越的动力机制，飞轮效应。实现跨越靠的是朝一个方向持续不断地推动轮子，是所有努力的合力最终让轮子飞转起来。

五

最后，我谈几点我的感想。

第一，柯林斯团队所定义的"平庸与伟大的公司"，简单地以股票累积收益率来定义，这一点我并不完全认同。平庸与伟大是相对的，世界上有许多非上市的企业，对社会文明、时代进步和产业发展贡献巨大，可谓"伟大的公司"，但无法简单用股票累积收益率来衡量，如瑞典的宜家、中国的华为等。

第二，柯林斯团队研究的是 1965—1995 年这 30 年间的企业，是工业时代的产物，研究成果具有一定的时代局限性；而 1995 年后整个世界进入互联网时代，柯林斯团队的研究成果是否也适用于互联网企业？ 或者说伟大的互联网企业是如何诞生的？ 这一问题值得我们进一步探究。

第三，柯林斯团队的研究，最让人感到意外的发现之一是，技术因素远没有想象中那么重要。技术变革从来不是实现从平庸到伟大的关键因素，连前三位都算不上。实际上，技术变革是起加速器的作用。

第四，柯林斯团队研究的是虽然是讲企业如何从平庸走向卓越，但他们所总结出的规律对于我们个人来说也完全适用。像第五级经理人所拥有的人格特质，本身就是人类身上最优秀的品质，具有这类品质的人不管是经营企业，还是干别的事业，都能获得成功。那么作为个人，要如何成为一名第五级经理人，如何找到自己的刺猬理论，如何转动人生的飞轮，以及，如何实现从平庸到卓越的跨越？这些问题，值得我们去进一步思考。

从平庸到伟大的跨越，确实是有章可循的。

任正非眼中的"狼"

在中国,有一个人不仅深刻悟透了"狼"和"狼性", 还将狼的精神和基因融入骨髓、融进血液。他, 正是华为的"头狼"任正非。

一

狼,是一种我们感觉熟悉,实际却还很陌生的动物。

在美洲西部的古老部落,多年来流传着一个传说:地球和月亮之间,在分为天和地的时候,月亮女神决定在最具野性的灵魂中,挑选一个使者,结果狼被选中了。因为月亮女神认为,狼是最有性情的生灵,它们仰天长啸声声凄凉,像是在召唤一切亡者的灵魂。

在中国,有一个人不仅深刻悟透了"狼"和"狼性",还将狼的精神和基因融入骨髓、融进血液之中,打造了一个战无不胜的狼性团队神话和一家叱咤全球的世界级企业。他,就是华为的任正非。

早在 2002 年我念大学时,在北邮校园的二手图书市场里,我淘到了一本关于任正非内部讲话的刊物《华为内参》,至今还保留在我的书柜里,书中清晰地记录了当年任正非关于"狼"的理解。

在《内参》里，任正非提到了三种狼：北美野地灰狼、草原狼和非洲豺犬。读懂了这三种狼群的共性，你就能理解今天的华为。

首先，这三种狼的生存环境极其恶劣，条件十分艰辛。北美野地灰狼，生活在落基山脉北部，冬季十分严寒的地带；草原狼和北美灰狼一样是被人类排挤到荒原的，而这里的环境同样恶劣；而非洲豺犬生活的东非大草原是世界闻名的动物火拼场，狮子和花豹是那里赫赫有名的刽子手。

总结这三种狼的生存环境，可以用"严寒""缺食""天敌多"等来形容。对比华为创立之初的环境和条件，亦是如此。1987 年，43 岁的任正非集资 2.1 万元在深圳创立华为公司，没有资本、没有人脉、没有资源、没有技术、没有市场经验，一切都从零开始。

"华为二十几年的炼狱，只有我们自己及家人才能体会。这不是每周工作 40 个小时能完成的，我记得华为初创时期，我每天工作 16 小时以上，自己没有房子，吃住都在办公室，从来没有节假日、周末。"

这是任正非对华为成功的总结，他将眼前的成绩归结为苦难的累积，生存环境的艰难，正是华为奋斗者文化的起源。

任正非 30 年来不断声嘶力竭地喊出"华为的冬天"，不断焦虑地强调生存危机，诚然不仅仅是一种警示，本质上是一种求生欲望。

二

狼是社会性极强的动物，狼群是典型的强者为王的部落，狼群的数量大约在五到十二只之间，冬天寒冷的时候为了觅食，最多可达到四十只。在相处的几年里，狼群团队学习纪律和狩猎的本领，在狼群的世界里，没有什么事情比得上杀戮更让它们热血沸腾的事了。

北美灰狼的短腿和踏雪鞋般的脚掌，能让它们在雪地上保持速度和灵活性，如果全速冲刺，它们的奔跑速度可达每小时七十公里，然而它们捕猎，靠的并不是速度，而是团队配合。

这样一种"群策群力、团队协作"的组织形式，可以帮助狼群制服一些独狼根本就无法制服的大型动物。据考古证明，远在四千万年以前，第一批外貌像狼的犬类就在北美的荒原上生存了，据资料介绍，它们那时候已经是团体作战了，它们甚至会攻击和战胜猛犸象。一只成年猛犸象的体长可达五米，高三米，重达六至八吨，处于整个食物链的顶端，能够吃掉这样的庞然大物，足见狼犬的群体作战的威力。

任正非深刻地意识到了这一点，他以"狼群"的组织形式来建设华为的团队。华为是中国企业"狼性文化"的缔造者，狼性文化贯彻华为成长的全过程。华为成立早期，对手主要为爱立信、诺基亚、西门子、阿尔卡特、朗讯、北电网络等百年企业，实力强劲，华为只能望其项背。为了生存下去，任正非充分发挥华为狼性团队的作战能力，不仅打败了同城对手中兴通讯，还在进军全球的市场中，不断攻城略地。那时候，凡是有华为的地方，一定会是血雨腥风。华为这头"灰狼"处处树敌，在国内国外都不受待见，华为早期进军欧洲时，还一度遭到抵制。

今天，华为早已告别生涩，内部管理达到国际化领导企业的标准，其价值主张也发生了变化，开始重视产业链的构建，与人为友。但华为身上的狼性并没有因此退化，它已经化为血液，在华为的躯体里静静流淌。只是，华为在行事方式上发生了变化，从早期的不择手段，到现在的委婉曲折。

华为内部说，凡是华为认定的目标，均会不惜一切代价去达成，这一点至今未变。但任正非曾经在内部演讲中说："外界对狼的理解有所歪曲，并不是他们的原意。狼嗅觉很灵敏，闻到机会拼命往前冲；狼从来是一群去奋斗，不是个人英雄主义；可能吃到肉有困难，但狼也会不屈不挠"。

三

狼群靠群策群力，一次次地捕获猎物，但其实成功率并不如想象中那么高，它们每十次狩猎，只有一次能成功地杀死猎物。第一个享受战利品的是狼群的首领，当掌权的公狼和母狼吃饱后，其余的狼才能上前，但它们并不会一下吃光，总会留下一些，让那些地位最低的狼，也可以啃啃骨头，这是维持狼群团结的必要。狼的家族充分体现了利益"人人有份"的原则，利益是维系狼群的纽带，这样就可以让狼死心塌地为团队卖命。

华为的分配原则，正是学习了狼的家族。任正非说，"钱给多了，不是人才也变成人才！要敢于给员工分钱，员工才会死心塌地跟随你。"

所以，任正非的"千金散尽、人人持股"的分配哲学，正是华为的以奋斗者为本的文化形成的思想基础。

华为针对公司不同的员工、不同的层级，从动机的角度去设定一些基本的原则。比如，在设计激励机制的时候，会遵循"让基层的员工有饥饿感，中层员工有危机感，高层的员工有使命感"的原则，激发这三个层次员工最底层的动机。抓住这个动机之后，把它转换成为员工工作的动力。基于这个动力，员工自然而然表现出高绩效的动作和行为。

这些多元化的激励措施让华为实现了 18 万人共进退，这个人员庞大的组织体不但没有被自身拖垮，反而是让每一位员工成为奋斗者，与公司共进退，真正实现了员工像老板一样工作。

"我是在生活所迫，人生路窄的时候，创立华为的。那时我已领悟到个人才是历史长河中最渺小的。我深刻地体会到，组织的力量、众人的力量，才是无穷的。人感知自己的渺小，行为才开始伟大。"

任正非认为华为有今日成绩是因为"18 万员工的聪明才智大发挥"，而他不过是"用利益分享的方式，将他们的才智黏合起来"。

出于对组织力量的理解，任正非为华为人赋予了公平原则、利益共享原则，将华为人的个人能力与组织的能力聚合，形成强大的冲击力，这种冲击力，就是"狼性"。

四

落基山脉北部的春天来了，大地慢慢地蜕去了严冬冰雪，太阳使山坡冰雪融化成河水，大地及它的子民们，开始了新一轮的生命周期。

灰狼正处于孕育下一代的季节，如许多大型猎食者一样，灰狼一反凶残猎手的面孔，把自己装扮成极富耐心和爱心的角色。幼狼将花上几个月时间，学习狩猎技巧，到了仲夏时节，它们的母亲就可以邀请它们一同品尝它的战利品了。第二年末它们也将成为猎手，加入荒野古老的长啸队伍。

严冬，是物竞天择、适者生存的季节。刚学会狩猎的幼狼要全力以赴为活命而奋斗，必须要有熟练的生存技巧及坚强的毅力，才能通过冬天的考验。

华为的人才培养，如同狼群一样，极富耐心和用心。

华为是一家极善于严酷地运用"鞭子"的企业。"抽打"人才的目的有两个，一是让人才不断学习进步，二是让人才为企业创造更好的业绩。

华为主要用两条"鞭子"。

第一条"鞭子"是重视对人才的培养：能力发展。

有统计表明，华为员工参加培训的时间约占员工工作时间的7%，远高于中国企业1%的平均水平。华为大学每年培训的新员工超过2万，最多一年3万，华为每年在人才开发和培养方面倾注了大量热情和资金。

华为大学非常强调新的职引导这一段，整个职培训就是一场文化的培训，把新刷成一个颜色，让他们认同华为最基本的价值观：以客户为中心，以奋斗者为本。

华为重视人才培养的逻辑说起来简单而明确：只有通过严格的培养，才能帮助人才建立足够的工作意愿和能力；只有人才有了足够的工作意愿和能力，才能为组织创造最大化的业绩；只有为组织创造了最大化的业绩，个人在组织中才能得到最大化的回报。

第二条"鞭子"是重视对人才的绩效管理：动力激发。

华为的绩效管理充分借鉴了IBM的管理体系。乍一看与大多数企业绩效管理的套路并无根本区别。但在华为，绩效是任何一位人才是否能够在公司"存活"的唯一依据。

五

坦率地讲，研究和评论任正非是一件里外不讨好的事。

任正非本人不愿被审视，不屑被争论。然而，当我深入到浩如烟海的资料中以及和华为离职员工的深入交谈中试图去理解这样一位大成的老人。

有人比喻任正非是华为的"头狼"。对狼的群体研究越深入，我越发觉得真实的任正非是一个无比复杂的矛盾体，他比我们想象的要更加深刻，无法感知他的孤独和痛苦的我们，注定无法理解他的多维世界。

对于18万华为的员工而言，他们理解的任正非是鲜活而丰富的，不仅仅通过像圣经一样的内部文件的洗礼，也不仅仅通过一件件传播广泛的"任总轶事"，实际上他们都深深地受到了任正非的影响，带着一种清教徒式的虔诚和修行般的克制看待这位企业领袖。

对于大部分华为和任正非的崇拜者而言，他们一方面把华为看成是民族企业的骄傲，另一方面对任正非的成就给予了毫无保留的崇拜。公众并不希望给崇拜加以条件和理由，就像远古时代北美西部人们对狼的崇拜一样。

华为是一家极善于严酷地运用『鞭子』的企业。『抽打』人才的目的有两个，一是让人才不断学习进步，二是让人才为企业创造更好的业绩。

北美灰狼的短腿和踏雪鞋般的脚掌，能让它们在雪地上保持速度和灵活性，如果全速冲刺，它们的奔跑速度可达每小时七十公里，然而它们捕猎，靠的并不是速度，而是靠团队配合。

第五篇

回归人生：愿生命从容

微笑的石头

*"去吴哥，面朝一处佛的微笑，安放现世里，
你无法倾诉的秘密，找回美好的自己。"*

一

一直向往吴哥窟，不仅因为吴哥窟是世界上最精美、最壮丽的古代建筑之一，还因为它充满神秘色彩，在历史上有一段不解之谜。

1861 年，法国生物学家亨利·穆特到柬埔寨境内寻找蝴蝶标本。一天他在热带密林深处走了许久，突然发现在他面前有一道长长的石阶，沿着石阶一路寻觅过去，亨利被眼前的一切吓呆了：宏伟的庙宇，华美的浮雕，设计精致的人工湖，还有数不尽的奇珍异宝。此时的亨利头脑一片空白，冷静片刻之后，他突然意识到这是一群建筑，是一座雄伟壮丽的城市，只不过它们已经被茂密的丛林隐藏了。

这个古城就是吴哥窟。回到法国后，亨利在自己所著的书《暹罗柬埔寨老挝诸王国旅行记》中提及这座隐藏于密林深处的古城——吴哥窟，不吝赞美之词："此地庙宇之宏伟，远胜古希腊、罗马遗留给我们的一切，走出森森吴哥庙宇，重返人间，刹那间犹如从灿烂的文

明堕入蛮荒。"自此，全世界开始把目光投向这座失落的古城。而这座从密林深处走出来的古城，也将人们带回到数百年前高棉与泰国兵刃相见的年代。

据史料记载，吴哥窟是由一个叫吉蔑（今名叫高棉）的东南亚民族所建，时间大概从公元802年起，那时阔耶跋摩二世建立了辉煌的高棉帝国，繁荣昌盛达600年之久。吴哥文明最引人注目的便是厚重神奇的建筑艺术，在12世纪时，吴哥建筑达到了艺术上的高潮。

吴哥文明的建筑之精美令人望之兴叹，然而令人倍感惊诧的是，这座古城却在15世纪初突然人去城空。根据记载，1431年，暹罗（今泰国）人用7个月的时间攻陷吴哥窟，劫掠大批战利品而去。第二年，他们再度光临吴哥窟时，却发现这里变成了一座空旷的"无人城"，不但没有半个人影，连牲畜也不见了踪影。在此后的几个世纪里，吴哥地区逐渐变成了树木和杂草丛生的林莽与荒原，只有一座曾经辉煌的古城隐藏在其中。直到19世纪亨利发现这个遗迹以前，连柬埔寨当地的居民对此都一无所知。

按说任何一个民族的文化都应有它的延续性，何况吴哥是一个曾经繁荣600年的王朝，但它的文化就这样忽然中断、忽然消失在历史的长河中。有人把这归于外敌的入侵，但外敌入侵可能导致王朝的改朝换代，却无法使一个民族突然消失。据考察，在吴哥地区曾有60万以上人口居住，这个民族和这些人们到底去了哪里？这真是一个不解的历史谜团。

二

　　每次读到这个故事，都让我心潮澎湃。2017年国庆假期，我与秘书处的小伙伴们相约一起探秘吴哥窟。

　　飞机到达柬埔寨暹粒机场已是晚上八点，从机场到酒店，一路上灯光昏暗，寂静缭绕。暹粒几乎没有高楼，沿途的建筑和风景，让我想起了小时候所在小镇的夜景，宁静而朴素。

　　到达酒店，发现灯光微弱的不只是城市，酒店大堂、楼道甚至是房间里，灯光同样很幽暗。这种感觉真的十分奇妙，顿时间感觉穿越了时空，回到了中国20世纪90年代的记忆。暹粒晚上能逛的地方不多，导游开玩笑说"暹粒大部分地方都给了庙宇和那些石头们"。

　　我们索性在房间里喝茶夜话，团队出来旅游最大的好处是大家可以更加释放自己，思考问题也会更有创造力。谈到尽兴处，突然窗外传来笑声、欢呼声，原来是酒店游泳池边的露天小酒吧，汇聚了不少中国游客，恰逢中国国庆，有人拿起吉他，弹唱《我爱你，中国》。歌声悠扬，在寂静的吴哥城上空缭绕，此情此景，在异国他乡共同庆贺祖国生日，别有一番滋味。

　　第二天清晨，我们用完早餐，开始启程前往此行第一站大吴哥。

　　从酒店开车去景区大概20分钟车程，沿途高大的树木密集挺拔，苍翠深沉，安静地耸立在大路的两旁。这些树令人有原始森林的感觉，而且如此挺拔让人震撼。来之前看过关于这些树的介绍，知道那是有着阅历的生命，见过历史、见过烽火，也见过辉煌，以及幻灭。这周遭的一切都在变，唯有树挺立不动，行走在树林中，渐渐开始让我感受到一些凝重的氛围。

大吴哥，又名吴哥城（Angkor city），占地 10 平方公里，是高棉帝国最后一座都城。历史上曾有的宫殿已经坍塌，但是中心寺庙贝雍寺（Bayon）上的 54 个佛塔依然完好，每座塔的四面都雕刻着巨大的微笑着的脸庞，那是闻名于世的"吴哥微笑"。一张张佛像微笑的脸庞，好像是在诉说着什么。它们的身体有的已经完全被树木遮盖住了，而那永恒的微笑依然透过时间、树干传递给我们。

我们顺着修出的观赏路线，看着一个又一个微笑的脸庞，四周安静而祥和，就算是强烈的阳光，在一片微笑的融合中，也非常的柔和，满目都是光亮和清爽。这就是微笑的力量，可以穿透日光、人心和时空；它就那么坦荡地微笑着，脸庞纯净而唯美，像是从来没有经历过一丝污染，又像是把人间的所有苦难都看穿、看淡。

虽然每一尊佛像都斑斑驳驳，镌刻岁月，但每个微笑依然纯净安然，动人心魄，让见到这微笑面庞的人，在刹那间变得安静而平和。那么，这些微笑的面庞到底是谁？ 考古学家数十年来都在辩论这是谁的笑脸，最终鉴定结果是阇耶跋摩七世（Jaya Varman VII）和慈悲佛祖面容的融合。那么阇耶跋摩为什么要修建这么多的四面佛，并且把自己的脸庞刻在石头上呢？

据史料记载，12 世纪时吴哥城内发生内乱，寺庙几度遭到破坏，阇耶跋摩七世继位后平定叛乱，才使政局稳定下来。长年的战争，使国王对世事顿感厌倦，他悉心归佛，不惜工本，命各地兴佛修庙，四面佛也正是在那个时候修建的。

阇耶跋摩虽然平复了战乱，国家平静了，但他的思想却再难平静。

他陷于两难，一方面宗教告诫他不能杀生，但另一方面要做成功的君王，他就要与邻国争战。一方面他坚信自己君权神授，功德无量，同时印度教是坚信轮回，此生的作为会决定来世的福报。由于满手血腥，他害怕来世可能会变成一条虫或更惨，所以他修庙并把自己的微笑刻在吴哥石头上。国王以神的形象雕刻在四面佛上，这就是神秘的吴哥微笑。隐含在丛林中巨大的微笑，清明地昭示着：苦难能够真正获得释怀。

走出大吴哥，我们在路边等车。不远处走来一群贩卖商品的小孩，他们头顶着一大筐的东西，却身形轻盈，脸上是淡淡的微笑，虽然稚嫩但是非常自信的微笑。看这些小孩瘦弱的样子，知道他们过得挺艰难，有的甚至穿不起像样的衣服；虽然贫穷，但他们不会伸手向你要钱，他们会向游客卖一些小商品，像明信片、水果或是当地手工艺品。

我们每个人都十分认真从孩子们的大筐里挑选自己喜欢的商品，付完钱后孩子们露出喜悦的笑容，然后双手合十鞠躬致谢，有的还会用中文说"谢谢！"

车来了，我们离开的时候，看到孩子们回头望着我们；那自信的微笑，使我心底无端生出赞赏和钦佩来，这个民族虽然经受过战乱与贫穷，但乐观的心态一定是收获和美好的。

三

接着去的塔普伦寺（Ta Prohm）给人的冲击更大。

塔普伦寺是古真腊吴哥王朝的国王加亚华尔曼七世为他母亲所修建的寺院，兴建于1186年。结实雄大的塔普伦寺，被当地人称为蛇树的卡波克（Kapok）树所盘踞，它们粗壮发亮的根茎，绕过梁柱、探入石缝、盘绕在屋檐上、裹住窗门，由一颗不起眼的小种子开始，历经数百年的努力，深稳紧密地缚住神庙，让枝干有力地向天攀升。

十九世纪中叶法国人发现塔普伦寺之后，即因整座寺庙已被树根茎干纠缠盘结在一起而放弃整修，保持了原始模样，由此形成了塔普伦寺的独特景象与标记。

这里还流传着一个丛林童话故事，故事讲述的是美丽的小公主遭到巫婆的恶毒诅咒，被纺锤扎伤，从此沉睡了一百年，王宫里所有的东西都睡着了，王宫渐渐被森林湮没。直到最后，一位王子闯进来，在密林王宫中找到沉睡中的公主，一吻之下，公主苏醒过来，整个王宫也醒了过来，王子和公主举行了盛大的婚礼。

导游介绍说《古墓丽影》这部 Angelina Jolie 主演的电影就是在塔普伦寺拍摄取景的，这些巨大、粗壮的树干与石门的确给人阴森与古老的感觉。数百年来，这里没有一个人影，张扬的大树枝杈可以无限地伸展，树与寺庙共生共舞，自然的力量与人的力量纠结在一起。数百年的时光，一粒种子生根、发芽、成长、撑破坚硬的建筑，一种更坚毅的生命力量攀着坚硬的石头，努力向上生长，这是不可低估的自然力量。

最后一站，我们赶在傍晚时分太阳下山前来到了吴哥窟（Angkor Wat），也称作小吴哥。电影《花样年华》最后的场景就拍摄于吴哥窟，梁朝伟把心中的故事埋藏在吴哥斑驳的砖墙里，然后以枯草封盖，从此除了吴哥窟没有人知道这个秘密。

来到入口处，见到一条护城河，吴哥窟被一条190米宽的护城河所环绕，这条河形成了一个巨大的矩形，长1.5公里，宽1.3公里。导游说一定要在护城河前合张影，这是太阳下山前最美的角度，可以留下时空的光影。

一条砂岩石块铺就的引道从西穿过护城河。走在凹凸不平的接近五百年的石路，眼前是五座塔楼探出围墙的身影，五彩的天空和河面呼应，让人感觉似乎有一种神奇的力量，把过去和现在连接在一起，给人非常奇特的感觉，仿佛在昨日，又分明是在今朝。

望着塔楼的倒影，凝视着那些历经烽火的城墙，让风去诉说吴哥王朝沉浮的故事，似乎我也停留在约五百年前的那个时刻，那个鼎盛到毁灭的时刻。我想吴哥窟的美之所以震撼，是一种繁盛过后的毁灭所呈现出来的极度缺省，带来的人内心深处的震动，一种与人生极度相似而产生的共鸣。

我浸沐在落日余晖之中，站在这里，你可以什么都不想，也可以什么都想，这是一个可以任时间和空间无限延长的地方。人言浮生半日，胜过悠长的等待，我更加觉得这个带着绚烂光彩和平静池水中塔影的景致与日落交融的瞬间，胜过浮生半日。吴哥窟以它特有的宫殿、寺庙、引路、蓄水池，以及呈现在我面前最美的日落余晖，清明地昭示：盛世的繁荣也会成为幻灭的倒影。

四

在佛教的认知里，有一个哲学命题一直困扰着我，那就是"你相信今生之后还有来世吗？"每次提及这样的问题，我想到的总是佛教的因果报应和生命轮回。

　　去了吴哥窟，见到了微笑的石头，我终于明白这一不解的哲学命题的真实含义：我们每一个人，要从内心深处去感觉到有来世，因为，如果人们相信今生之后还有来世，他们的整个生命将全然改观，对于个人的责任和道德也将了然于胸，他们也就必然会约束今世的行为，不会只为今生而活，这些穿越时空的微笑，就是最好的佐证。

　　我们的生活节奏太快，快到几乎无法思考和安静，没有人有时间去拷问"今生之后是否有来世"。在物欲横流的现代社会，我们容易迷失方向，我们的生命就如此虚度，甚至只有到了生命的最后一刻才开始珍惜生命的价值。

　　我们应该在每一个时刻都观察生命的意义和价值，我们应该承认这个哲学命题"今生之后会有来世"。此时此地，我们就可以开始寻找生命的意义了。

　　离开吴哥窟，那些千年的微笑的石头，慢慢地消失在我的视线中，却深深地印在我的脑海中。这让我想起了台湾知名学者蒋勋老师的一句话："去吴哥，面朝一处佛的微笑，安放现世里，你无法倾诉的秘密，找回美好的自己。"

我们每一个人，要从内心深处去感觉到有来世，因为，如果人们相信今生之后还有来世，他们的整个生命将全然改观，对于个人的责任和道德也将了然于胸，他们也就必然会约束今世的行为，不会只为今生而活，这些穿越时空的微笑，就是最好的佐证。

『此地庙宇之宏伟，远胜古希腊、罗马遗留给我们的一切，走出森森吴哥庙宇，重返人间，刹那间犹如从灿烂的文明堕入蛮荒。』

一个人去东京

"你怎么旅行，你就怎么生活。"

一

香港知名文化人梁文道曾说过，一个人去旅行其实一点也不孤独，是实践人生最绝对的自由，还可以很性感。

2018 年的五一假期，我选择一个人去东京。好友曾智豪一年前来到东京留学，学习日本语言专业，他多次邀请我有时间一定要去东京看看，他当我导游，用他的话来说，"东京，是一个颠覆你想象的城市。"

其实在两年前，我和秘书处的小伙伴们一起去过东京，只是那一次，因为导游的"不专业"，我们的行程大多数是在泡温泉中度过，几天行程穿梭于东京的市郊，时间都耗费在路上了，我们感觉去了个"假日本"，回国后竟然没有太多记忆。

一直想去日本看樱花，可惜这次又错过了樱花盛开的季节。在春夏交接的季节，我选择一个人背上行囊，轻装上阵，去探寻一个有故事的城市。吸取上一次的经验，我告诉智豪，行程由我来规划，他只要陪同和当好翻译就可以。

下午四点多，飞机抵达东京成田机场，智豪早早在机场等我。从成田机场到酒店，智豪建议选择搭乘 JR 电车，沿途可以欣赏美丽而宁静的日本郊区自然风光。一路上，心情十分愉快，整齐划一的梯田，碧水蓝天泛着傍晚的彩霞，优美而静谧。电车厢里，整洁安静，日本人很注意在公共空间的行为，不影响别人、不给别人制造麻烦是日本文化里最底层的逻辑。

到了酒店已是晚上七点多，智豪很用心，提前一个月订了一家位于新宿大食代附近的老牌寿司店。店面很小，只能容纳不到十位顾客，我们点了十几道不同的寿司，还有烤肉、豆腐以及海菜，每道菜的摆盘都非常讲究，如同插花一样，有布局、有层次，相信也会有流派。食材精致、细腻，器皿极富设计感，几乎就是一种艺术呈现，甚至让你不忍心动筷子，觉得会破坏这美的设计。

到东京，最美的享受是能喝上正宗的日本清酒。清酒，是借鉴中国黄酒的酿造法而发展起来的日本国酒，日本人常说，清酒是神的恩赐。日本清酒的牌名很多，仅日本《铭酒事典》中介绍的就有 400 余种，命名方法各异。我最喜欢的清酒品牌有獭祭、白藤和大吟酿。

一瓶清酒，浅斟慢酌，伴着微微的醉意，话多了几分，感情也多释放了几分；与智豪谈这一年的经历，一时间声音大了，打扰到旁边用餐的日本顾客，我突然意识到自己的"不礼貌"。

这让我想起两年前与小伙伴们来东京的"特殊经历"。我们的包车在高速公路上发生故障，停在休息区等待客车公司调度支援。等待期间，小伙伴们借用休息区的小食舍洗手间，其中一位同事用完后没关好门，结果店主被用餐顾客投诉。时间过去了一个多小时，支援专车未到，时间已是晚上八点，我们所有人饿得肚子直打鼓，小伙伴们建议就在这个小食舍用餐，再继续等待。令我们诧异的是，店主拒绝我们入店用餐，十余个顾客的生意不做，原因只是刚刚的"小失礼"。小伙伴们有些不能理解，觉得店主太较劲，有生意不做，而我内心却油然而生的是一份敬畏。

在日本，遵守社会规则，不给别人添麻烦，是人们行为准则的同一出发点。如果你再细细观察，小店门口默默排队的人们，或是7-11店里排队买单的人们，在日本，没有比排队更让人熟悉的社会规则了。

二

好的旅行，往往会带来新鲜的刺激和改变。

来东京第二天，我即走进仰慕许久的日本早稻田大学，想参访的理由，除了她在亚洲的知名度外，还因为她是日本知名作家村上春树的母校。

与日本大多数大学相似，早稻田大学没有像样的正门，也许"没有特点"才是日本大学校门的最大特点吧。适逢假期，校园里十分安静，见不到成群结队的学生，然而，大楼林立、风景秀丽，倒是闲庭信步的好时机。

著名的大隈纪念楼位于早稻田大学正门的马路斜对面。早稻田大学于1882年由日本著名的政治家、财政改革家大隈重信创建，百余年时间培养出了众多日本政界、财界、新闻出版界等领域的精英。

在导师陈家强教授的引荐下，我利用这次机会拜访了早稻田大学经济学教授坂野慎哉，他的研究方向是中国经济史。他说如果不是偶然的时代变化，他应该就去北京而不是去美国留学，他当时很期待了解中国，最大原因是 20 世纪 80 年代他偶然去了中国旅行，发现一切和日本如此不同，从此开始下决心研究中国。一次旅行开启对一个国家的兴趣之旅，类似的情况在日本学者中也不例外。

离开早稻田，已近傍晚，智豪约我晚上去新宿，体验日本居酒屋文化。居酒屋，指日本传统的小酒馆，起源于江户时期，据说最初是酒铺经营者为了使客人在买酒之后，能当即在铺内饮用而提供一些简单的菜肴开始的。随着时代的推移，居酒屋也逐渐成了日本文化不可缺少的组成部分，日本的电影和电视剧中也往往会出现居酒屋的场景。

来到新宿三丁目的一间居酒屋，点了一壶"獭祭"，还有几份烤鱼、小菜。智豪介绍说，居酒屋是日本社会的小缩影，在里面能看到日本社会的各种礼节和文化，透过这些客人的小故事，也许能一窥日本社会的文化和隐藏着的秘密。

智豪在东京留学，为补贴生活费，晚上偶尔也会在居酒屋打临工，他对居酒屋的各式人群也有观察。

"晚上来的上班族大多是几个好友一起，有时也有十几二十个人的大排场。经历了一天高强度的工作打压之后，他们在居酒屋喝点小酒放松一下，使自己的心情得以舒缓。人们对日本的印象就是个传统的男权社会，家中妻子不会管教在外喝醉的丈夫，任其自饮自乐，所以不少人觉得日本人喝酒没有节制，也不会控制自己，去喝酒就是喝到烂醉如泥、不醉不归。"

"但其实并非如此。现在来居酒屋喝酒的上班族，不只是为了抒发苦闷的情绪，更多是为了社交和精神上的交流。落座后每人先点上一杯自己爱喝的酒，举杯示意并说道'辛苦了'，之后便开始闲聊，不会再互相敬酒，更不会劝酒，而是优哉游哉地喝着杯中的酒。喝完就再点，喝不完也没人强迫你，想喝什么酒都随自己的心情喜好，这样喝酒便不再是单纯地为了某种仪式、某种目的，而是为了促进大脑里的多巴胺分子的产生，从而得到自我的愉悦。"

说着聊着，不知不觉已喝完了数壶清酒，略有醉意。此时，我想起了《菜根谭》里写的"花看半开，酒饮微醉，此中大有佳趣"，此刻精神交流所带来的惬意，远远胜过酒精所带来的快感。

离开居酒屋，走在新宿的街头，望着各类参差不齐的居酒屋和各类深夜黑暗料理如同平行宇宙，但又毫无违和感地折叠并生在一起。此时已快到 12 点，我跟智豪说，想感受下"深夜食堂"。

三

"深夜零时起营业的炸串店……"

据说正是这句无名 CD 中的偶然旁白，让日本漫画家安倍夜郎萌生了《深夜食堂》的创意。每个作品都有自己的节奏，正是这句话让安倍夜郎找到了《深夜食堂》的节奏，简洁、清淡又治愈，恰恰可以安慰后现代社会的各种孤独与疏离。

安倍夜郎此人经历很神奇，也是早稻田大学毕业，做过广告多年，最后还是回到漫画的初衷，其作品特点并不是漫画技巧而在于其故事能力。

改编自安倍夜郎漫画作品的日剧《深夜食堂》，讲述日本夜晚来临时一家深夜食堂的饮食与故事。在这家小食堂，大家喝着小酒，吃着自己钟情的食物，卸下一天的疲惫，谈论着遇到的趣事，或是独自品味忧愁。在食物的香气里，在深夜特有的幽静和食堂内的袅袅暖意间，一出出充满人情味的故事被娓娓道来。有悲有喜，暗合着食物的酸甜苦辣。人生百味，尽在这四方食堂间。

《深夜食堂》在中国也有不少粉丝，而日本文化对于中国大众市场影响背后，其实也映射出两个社会的不同步伐。即使今天来日本自由行的人越来越多，但日本文化在中国仍旧是小众，更多被视为"文艺"。

智豪陪着我，一边漫无目的地溜达在夜色弥漫的街头，一边寻觅着理想的"深夜食堂"，终于在一个小巷子找到了一家食肆。

走进去之后，是家小面馆。人不少，原木色长桌，和多数日本居酒屋的喧嚣不同，大家都安安静静，默默进餐，放松又自在。虽然没有《深夜食堂》里男主角小林薰这样帅气、做菜又能恰到好处的店主大叔，但温暖的面，冷淡的氛围，居然也相得益彰。

我已经忘记面的味道，甚至厨师的模样，但是那种氛围始终记得，这样的情况下，聊天不聊天，已经不重要了。或许在有《深夜食堂》这样的叫好作品之前，能够给都市夜归人，一个放松且能安慰肠胃的所在，更为重要。

四

去过日本的人大概都知道，日本神道教以及佛教繁盛，据说大小神社有 8 万个，因此神社与寺庙也往往比邻而居，二者在外人看来区别不大，主要在于神社入口前往往有一个牌坊式建筑，叫鸟居，表示神域和人域的区别。

东京之行最后一天，我选择去明治神宫。明治神宫是神社中规模较大的一种，供奉着 1912 年去世的明治天皇。明治时期是日本现代化的重要时期，明治神宫在日本神社中规模也在前列，大正时期据说动用了 10 万株树木历时 5 年才完成，参拜者人数一直名列前茅。明治神宫前鸟居高达 12 米，重逾万斤，据说来自台湾深山，作为一个细节也可一窥台湾地区与日本纠缠之深。

明治神宫也是东京都内最大的绿地之一，位于涩谷，比邻是热闹繁华的代代木与表森道，年轻人扎堆的原宿也距离不远，因为正值春夏交季，满目苍翠，可谓闹中取静。

我们从南参道行入，参道两旁各有一列酒桶：左列是西方葡萄酒酒桶，右列是日本清酒酒桶。智豪指着酒桶对我开玩笑说，"两边都是你爱喝的"。神宫前南北参道交汇之处的鸟居，这是日本最大的木质鸟居。整个形状建筑，与中国古代商周的宫殿建造非常相似，或许也是有文化渊源关系。

宫内的殿堂都用桧木建成，雕梁画栋皆景颜华美，很值得观赏。此外，明治神宫与日本人的生活可谓是息息相关，每年都有多场新生儿的命名仪式、成人礼、毕业典礼和婚礼等各种人生非常重要的仪式，在明治神宫举行。而每年在神宫举办上千场的日本传统婚礼，更为这里增添了一道非常精致美丽的风景。

当天是假期，碰巧神宫内举办了一场传统婚礼，我非常好奇地见识了整个过程：厚重的和服、庄严的排场以及行祭拜礼，所有流程非常有仪式感。新婚夫妇相敬如宾，处处注重礼貌细节，并保持一定的距离感，让人感受到日本文化里的"尊重"。

走累了，恰巧神宫内有一处偏隅可供品日本茶道，正是我品茶的机会。日式的茶道来自禅宗，其精神之一在一期一会，这是一种看重当下的审美精神。所以每一次花木季节变更，都有着不一样的意义，古典式的审美在后现代的东京毫不违和。

我走了一圈回到原地，觉得心意满满。入口的地方聚集了一群老人，他们三三两两而坐，看起来多数都是独自而来，有的眯着眼睛晒太阳，有的则随手喂喂鸽子，表情木然，好像这一刻的宁静就足以让人忘记时间。地上有数十只鸽子，多数做闲庭信步之态，人潮看来对于他们已经见怪不怪，并没有惊吓到它们的生活。

五

我喜欢在旅行当中记录，但是旅行本身也有其意义。

今日的旅行，在褪去求知的色彩之后，却可以更日常，更富有人情味。我想，如果生命还能有那么一点意义，无非意识并享受每个存在的片段。我以前旅行喜欢带上管理经典类难啃耐看的书，后来发现旅行时总是更该期待用眼睛和双脚看到新东西。

如果不能体会这样的现场感，那么只是把旅行作为必须要有回报的消费，忙着判断，忙着记录，却忘了感受。有人读了很多历史，走了很多地方，最终还是无法理解当下，更不用说看到未来。

有人说，你怎么旅行，你就怎么生活。日本作家新井一二三对于旅行的评价："人去旅行，为的是归来，旅行最终目的地始终是最初的出发点，不然的话就不叫作旅行了，那是自我放逐。"

换一个角度看，如果从必然到达的终点来看，其实旅行和人生没有太大区别，从旅行方式可以看出生活态度。也许当我们开始学会欣赏旅行过程中的各种风景，静静地旅行之际，或许也真正开始学会静静地生活。就像印度裔作家奈保尔，他几乎是以写游记获得 2001 年的诺贝尔文学奖，他在非洲、亚洲与美洲等地都经历了探索，吸收了不同的文化，他的好友如此评价他："这样特殊的经历，他必须在他写的书中定义自己。"

每年我都会选择一个国家、一个城市或一处安静的地方，独自一个人去旅行。旅行对于我来说，已经成为一种生活态度，旅行的过程需要不断地调整心态，拓展眼界，去欣赏与自己不一样的人与存在。真正有价值的旅行，往往不是知道自己知道，而是知道自己知道的不够多，难怪有人说好的旅行教给人谦卑。

离开居酒屋，走在新宿的街头，望着各类参差不齐的居酒屋和各类深夜黑暗料理如同平行宇宙，但又毫无违和感地折叠并生在一起。

每年我都会选择一个国家、一个城市或一处安静的地方，独自一个人去旅行。旅行对于我来说，已经成为一种生活态度，旅行的过程需要不断地调整心态，拓展眼界，去欣赏与自己不一样的人与存在。

至爱梵高

我终于明白，喜欢梵高的原因，并不是因为
他的成就与辉煌，而是他自我追求和探索的
过程。

一

我已经记不清楚什么时候开始喜欢上梵高以及梵高的画。

第一次见到梵高的画是在德国的慕尼黑新美术馆，《瓶中的十二
朵向日葵》给我留下深刻的记忆。小时候在语文课本里读到向日葵，
一开始不理解为什么叫"向日葵"，长大了才知道它是朝着太阳去生长。
一朵成熟的向日葵长满葵花子，给人一份特别的满足感。看到梵高的
向日葵，就是这种特别的满足感，饱满丰富的黄，金灿灿地填满你的
眼球，即便是离开画面很久，这黄也会深深地印在目光中和脑海里。

《向日葵》是梵高最典型也是最具代表性的作品，可以说是梵高
艺术人生承上启下的转折创作。梵高一生共创作了 11 幅《向日葵》，
其中 4 幅是在巴黎创作的，另外 7 幅是在法国南部小镇阿尔（Arles）
创作的。

一位英国评论家说："他用全部精力追求了一件世界上最简单、最普通的东西，这就是太阳。"在梵高看来，向日葵象征着一种激情，象征着一种生命的永存。

　　看过丰子恺编著的《梵高生活》，其中有一段话令我印象深刻："夏日的阿尔，每日赤日行空，没有纤云的遮翳。生于北方的梵高身体上当然感到苦痛与疲劳。然而日出期间，他从不留在家里，总是在城外的全无树影的郊野中，神魂恍惚地埋头于画画。他呼太阳为王，画画时反把帽子脱去，以表示对太阳王的渴慕。"

　　每次读到这段文字，总是浮现出梵高在骄阳下画画的样子，一个仰慕阳光，融入自然的样子。也许正如他所言，他是在发狂，这份狂由太阳反射到今天的我的敬畏之中。所以，那一刻我就在想，这个画家一定是生活在向日葵旁，充满狂热、生性执着的人。

　　从《向日葵》开始，我十分着迷梵高的作品以及梵高的故事。最喜欢的是他的《夜间的露天咖啡馆》，他从街道上取景，画面上是狭长的街道，街道上的一边有一间明黄色的露天咖啡馆，有人在喝咖啡，另一边是绿色的树在映衬，远处是蓝色的星空，整个感觉是明亮的。因为喜欢这种感觉，我特意请人模仿《夜间的露天咖啡馆》画了一幅，挂在我书房的墙上，虽然与真迹有不小的差距，但却足以让我内心享受一百多年前南法小镇的那一份古朴和宁静。

　　同样喜欢的是梵高的《星夜》。这幅画创作于1889年，那时梵高住进了精神病院，并且面对阿尔市民的排斥，好友的远离，独自一人面对精神科医生和身边各种精神病患者，他再次跌进了人生的谷底。但恰恰是这个时候，却创作出最让人惊叹的作品《星夜》。当时他从医院房间的窗口望去，看到的是漫天的繁星。不过这些星星并不是静止的，而是在深蓝色的星空背景下，形成一圈又一圈的光晕，旋转着流动着。

梵高一生从未受过正统的绘画教育，他的成就不是技术的产物，乃是热情的产物，这是我被他吸引的缘故。他是在亲近田园的自然中长大，赋予冥想，画画的笔迹却非常灵动，一旦心有所感，形象就会得心应手地产出。梵高的画，用色方面饱和度极高，大黄、大蓝、大绿、大红、大紫，他运用得很出色，梵高认为这样鲜艳的颜色更加能够表达出感情，是有力量的，更能够带动观看者的情绪。笔触方面，梵高的画作大胆而有力量，想要画出这样的画面，是需要经过仔细的布局和设计的，看《星夜》的动感和力量感，足以证明梵高内心的力量。

梵高曾经说过："当我画太阳的时候，希望人们能够感觉到它是以一种惊人的速度在旋转，散发出光热巨浪……"有人说，"看遍梵高的风景，看遍世界的美丽。"梵高的画，总会让人感受到纯纯的自然之美，浓烈而炙热的阳光，鲜明而丰富的色彩，以及画家独特而敏锐的视角。

我终于明白，喜欢梵高的原因，并不是因为他的成就与辉煌，而是他自我追求和探索的过程。

二

为了研究梵高，我翻阅了几百封他写给弟弟提奥的书信，这些宝贵的信件，非常有研究价值，从中我们可以理解和感受梵高每一个阶段的处境和心路历程。

梵高的一生只有短短的 37 年。1853 年，他出生在荷兰北部一个古村落，父亲是一位新教牧师，母亲也是出身牧师家庭，几个叔叔是当时最大画廊的股东。梵高从 10 岁开始学画画，他喜欢画人，例如穿着棉袄拄着拐杖的老大爷，缩在阶梯上熟睡的老妇人等这些特别朴素的生活人物。而当时社会的主流是线条整齐、画面细腻逼真、表现贵族的生活作品。因为梵高从小就不喜欢大众的风格，他画出来的画自然就不受欢迎，所以当时家里人觉得梵高不适合当画家，而是让他去做画商，卖画。工作了一段时间后，因为梵高并不喜欢那些主流的宫廷贵族画作，结果得罪了客人，也丢了工作。而这是梵高第一次表现出他与众不同的追求。

　　离开画廊后，梵高还是很幸运的，他通过家里关系找了份牧师的工作。这相当于现在的公务员，收入稳定，工作不忙不累，但后来他还是被迫离开了。为什么呢？一般的牧师去布道去讲课，讲完就走。但梵高不是，他经常跟当地的农民和矿工接触。时间久了，上司就嫌弃他，甚至还觉得他挪用资源，他把分配给他的面包咖啡都给了穷人，就连自己的房子也借给了穷人。最后他被停职了，只好回荷兰老家。

　　梵高还有一段经历是教师职业，虽然他很喜欢孩子，也喜欢这份工作，但是因为他还有一个职责是去收学费。当看到学生家中的"贫""苦"，惨酷的印象深深地刻在他心中，他无法去收债，只在贫民窟中徘徊，伤感了一回，带了空囊和充满悲哀的心回到学校，教师的职业自然也就失去了。

　　这些感动我的故事，让我对梵高有着一种特别的喜爱，他细腻而深刻的同情心，虔诚而谦让的付出和专注，忠实于自然而不落入世俗的坦率，慷慨忘我的情怀，都深深地打动着我，使我更喜欢他的画作。

三

梵高一生当中的挚友不多，其中一位非常值得一提的人物是高更。

梵高刚到阿尔时，完全投身到绘画中，一点也感受不到孤独给他心灵带来的重压。后来，他开始十分渴望结交一位艺术家朋友，一起生活，一起画画。

1888 年，梵高邀请高更来到他所在的阿尔。刚刚我们说到的一系列的向日葵画，就是梵高为了迎接高更的到来而准备的礼物。两人一起讨论着如何调色用色、讨论关于构图关于绘画的方方面面……他们的生活越来越紧密，甚至还同进同出。可是这样的时间只持续了一个多月。慢慢地，两人发现彼此的创作心态有着巨大的差异。

梵高和高更，一个高亢一个沉静，一个激烈一个苦闷。梵高更偏向于写生，不喜欢靠想象去画画，而高更是偏向于表达象征性的风格。慢慢地，两个人的矛盾和分歧也就越来越明显，最后终于在一个圣诞夜前夕，两人闹掰了。

高更在晚年时回忆起这一时期写道："在两者之间，他和我，水火不容，争吵不期而遇，结果局势越来越紧张……"

梵高曾经情绪激烈地期待高更的到来，也竭力地想要维护两人的关系，而高更却一直冷静对待，最后还是选择了离开。

高更的这一决定，使得梵高情绪变得更加激烈，他选择了自残，把自己的一只耳朵割掉了。这在当时引发了一场骚乱，阿尔的市民联名请愿，要求警察将梵高送进精神病院。

读到这段故事时，我并不喜欢梵高在阿尔的这些遭遇。内心里，我是多少希望没有高更的出现，没有阿尔市民的排斥，没有割耳朵的疯癫。只有金灿灿的向日葵，以及蓝色星空下的黄色咖啡馆。

四

在阿尔，梵高经过了一段创作高峰之后，很快就走到了生命的终点。而他生命中最后的一幅画，是一幅自画像，名字叫做《没胡子的自画像》。

说到自画像，梵高可以说是最喜欢画自画像的画家之一。他一生画出了90多幅自画像，每一幅都是他心情的写照，所以90多幅画连起来，基本就是梵高一生的绘画演变和成长变化的历史。所以说，我们要了解梵高，必然要了解他的自画像。这也好比自拍一样，现在如果自拍没有经过修图，就感觉像是在裸奔，都不好意思晒出来。有心理学家就解释说，修过的照片，才更深层次地反映出，我们内心真实的自我，或者说是表现出那个想要成为的自我。

有人说，梵高那么喜欢画自画像，是因为他很穷，请不起模特。事实上更主要的原因，是他通过画自画像来表达自己内心的困惑和折磨，也并不是什么自恋。他曾经在给妹妹的信中说过，画自画像是一项极困难的工作，他必须与照片的自己不同，他必须更深层次。

《没胡子的自画像》背后隐藏着一个很感人的故事，是关于梵高和他母亲的故事。在当时，梵高已经很久没有见到母亲了，所以，就在母亲生日的时候，梵高画了这幅自画像送给母亲。我们都有这样的心思，就是把自己最好的一面展现给父母和家人。梵高也不例外，所以他才在画上去掉胡子，给自己好一点的脸色，展现一丝微笑，把残缺的耳朵遮掉，微微侧身，把完整的自己呈现出来，给母亲一个好的印象。可惜的是，梵高完成这幅自画像后，却打算结束自己的生命。

　　当时他的弟弟提奥已经结婚生子了，一直以来提奥不仅支持着梵高的绘画，而且还给他资助，帮他度过很多艰难时期。如今看到弟弟有了自己的家庭和生活，他也不愿意继续成为弟弟的负担。在1890年7月28日，梵高从旅馆老板那里借来一把有点锈迹的手枪，一如既往地带着画架到户外写生。但这次跟以往不同，他来到了一片麦田，放下了陪伴多年的画架，走到他喜欢的金灿灿的麦田中，突然一声枪声，一群乌鸦受了惊吓而飞向上空……就这样，一位伟大的艺术家，离开了。

　　梵高的死，留给我们太多的不解和遗憾。不管怎样，梵高用自己短暂的一生，和更加短暂的绘画生涯，给无数人鼓励和借鉴。他一生创作的2000多幅作品，就像留声机一样，给世人留下了非常珍贵的艺术作品，同时也源源不断地将他内心的狂和热，通过画面和色彩表达出来。

五

　　在写给弟弟提奥的信中，梵高这么说："虽然我总是在苦难的深渊中沉沦，但我内心依然有平静、纯净的和谐存在。我在最穷苦的乡村里、在最肮脏的角落里作画。我的心总是受一种不可抗拒的力量驱使，它带着我去这些远方。"

　　梵高短暂的一生凄凉困苦，弟弟提奥是他生命中最重要的亲人和朋友。维系他们感情的纽带早在他们的童年时期就根深蒂固了，即便是长大成人后也依然没有改变。

从孩提时代开始，梵高与提奥两兄弟就形影不离。他们的童年充满了布拉班特乡村生活的快乐，在乡村牧师住宅的范围内，他们在玉米地、荒原和松林间成长，童年生活是他们此生难忘的回忆。

然而，幸福的童年使他们将来在面对苦难时有些措手不及。在不得不走出乡村，独自面对这个世界的时候，他们年纪尚轻，可他们还是带着苦涩的忧郁上路了。在此之后的许多年里，难以言喻的思乡之情总是萦绕在他们心头，他们是如此思念那个甜蜜的家，它就在荒原上的小小村落里。

提奥是一个很好的倾听者，梵高一直视他为倾诉的对象。从离家开始，梵高一直与提奥保持书信往来，这一习惯一直持续到梵高离世，在他自杀的时候，身上还有一封写了一半的书信，那是给弟弟提奥的最后一封。

梵高自杀后，提奥给他母亲的信中说："一个生无可恋的人无法向人诉说他的痛苦。哥哥的离去让我痛苦万分，这苦痛将常伴我活着的每一天。有人可能会说，他最终找到了自己渴望已久的解脱……活着对他来说是一种负担，然而现在，对他的画作表示欣赏的人越来越多……噢！他是我最亲、最爱的哥哥啊！"

提奥本就虚弱的身体受到了毁灭性的打击。六个月后，1891 年 1 月 25 日，他追随哥哥梵高的脚步离开了人世。两兄弟一起长眠在奥维尔小城麦田中央的小小墓地中。

　　有一部英剧叫《神秘博士》，剧中有一个片段，描述的是梵高穿越回到现代，在法国巴黎的奥赛美术梵高展厅里，亲眼看到了人们对他画作的欣赏和赞美。他听到了其中有位教授在他的画作前，对着一群人做出了一番评论，那个教授是这样说的："表现痛苦很容易，但用自己的痛苦和激情去表现人间的喜悦和壮丽，在这一点没人能比得上梵高。在他之前没有，在他之后可能也不会再有，所以对我来说，他在任何时代都是最伟大的艺术家。"

　　梵高听到最后一句的时候，泪流满面。编剧特意把荣誉还给了这位伟大的艺术家，这个场景也感动了无数观众。

　　欣赏梵高的画，阅读梵高的传记，无数次让我热泪盈眶，仿佛穿越时空，回到一百多年前的法国阿尔，在玉米地、在麦田里、在星空下、在咖啡厅，一次次地在梦中追寻梵高的足迹。

梵高用自己短暂的一生，和更加短暂的绘画生涯，给无数人鼓励和借鉴。他一生创作的2000多幅作品，同时也源源不断地将他内心的狂和热，通过画面和色彩表达出来。就像留声机一样，给世人留下了非常珍贵的艺术作品，

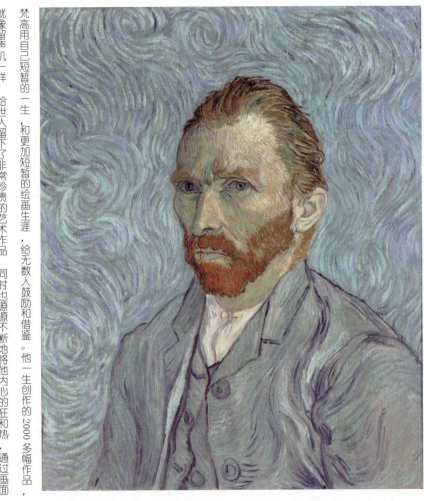

当时他从医院房间的窗口望去，看到的是漫天的繁星。不过这些星星并不是静止的，而是在深蓝色的星空背景下，形成一圈又一圈的光晕，旋转着流动着。

金庸和他的江湖

金庸和他的武侠小说，影响并渗透着当今中国的商业世界；而他所构建的想象中的武侠江湖，或许是华人世界里最大的文化共同体。

一

2018 年 10 月 30 日，武侠小说家金庸走了，留给尘世间一个江湖。

我第一次看金庸小说，是在小学五年级，那一年家里买了彩色电视机，记忆中全家人及邻里乡亲天天守着电视剧《神雕侠侣》。我是看了不过瘾，又跑去县城里的二手书摊买了成套的金庸小说，如饥似渴地读了一遍又一遍。

别人沉迷小说，结果大多是学习成绩一落千丈，我倒是刚好相反，因为喜欢金庸的小说，在我幼小的心灵种下一颗种子，这是我热爱文学、喜欢文字的开始。我也时常会想象自己以"大侠"的角色，进入金庸的小说世界里，行侠仗义，除恶扶弱，那种想象带给我的简单快乐，几乎陪伴着我的少年生活。

印象很深的是写郭靖的"侠之大者，为国为民"，这是郭靖到死都在做的事情；金庸那么多人物角色里，我最喜欢的是杨过，因为他活得很真，不为世俗所束缚。

当然还有神秘角色，"纵横江湖三十余载，杀尽仇寇奸人，败尽英雄豪杰，天下更无敌手，无可奈何，惟隐居深谷，以雕为友。"这写的是独孤求败，小说里这个人一个情节都没有真正出现过，是活在传说中的人物，却写得很大气、很有人生哲理。

"武功再高，百年之后，也只是一抔黄土而已。"小说中的一句话，顿时让人想起金庸说的或许也是他自己的人生。我觉得金庸是喜欢墨家和道家的，一个侠，无欲无求。走的时候，云淡风轻。

倒是我，在听闻金庸去世的那一刻，内心多少有些伤感，一代大师的离开，留给凡世间一个江湖，还有几代人的回忆。作为后辈，我没有资格去谈论金庸，但在他离世之际，仍然要感谢他来过这个世界。

二

说到江湖，电影《笑傲江湖》里有一句台词："这个世界，有人的地方就有江湖。"这句话揭示了江湖的一个共有属性：它不是具体的地域概念，而是由人的活动和人际关系构成的。

金庸小说中的武侠江湖，是一个大的假设，是出于他对超越现实的渴望，或者说，是对生活的不满和批判。在现实世界中，还存在着一个真实存在的江湖，有活生生的江湖人和江湖法则。江湖现象是中国人生活中的独特景象，了解它是对中国文化的一次深入的认识。

旧中国江湖，就是国家权力管理不到的底层社会，江湖人就是人在江湖里，遵守江湖规则，做江湖生意的人。金庸的武侠小说里，就是这样故意把权力排除在情节之外，好让侠客们为所欲为。就拿《笑傲江湖》来说，我们都有点奇怪：魔教和五岳剑派他们打打杀杀，闹出这么大动静来，官兵怎么会不管呢？武侠小说就得这么写，现实中的江湖也会远离权力。

"庙堂之高"与"江湖之远"向来是相对概念。庙堂就是朝廷，但江湖是没有和庙堂对立或者议价的能力的，庙堂不管，或管不了的时候，江湖就得到了发展机会。旧中国的权力结构，从秦汉到民国，时松时紧，江湖的空间也就时大时小，这是客观现象。

千古文人侠客梦。与"江湖"相伴而生的是"侠客"，侠客文化的演进，始终跟随着主流社会价值观的发展。中国大众对于武侠小说的痴迷，来自渴望拯救和被拯救的文化心理，同时，也潜藏着梦想在桃花源里实现自由、快意恩仇的满足感。

金庸不会武功，他的写作来源于想象，这种想象和中国文化联系在一起，这在金庸的小说表现得尤其鲜明，他能够纯熟地应用传统文化元素构筑武侠世界。比如，降龙十八掌的招式出自《周易》的卦辞，逍遥派的武功来源于《庄子》的意象。在金庸笔下，武术高低之分在于对武学境界的领悟，而这种领悟力依赖的是对传统文化的理解。

在中国人看来，侠客是一种特殊的精神气质和文化精神。中国人虽然流行"各人自扫门前雪"这样的处世格言，但"不管闲事"并不是真正的国民性，影响中国人的儒家佛家思想都有胸怀天下、悲天悯人的情怀。"爱管闲事"其实才是我们的本性，只是被现实教育得不敢管了而已。侠客们的路见不平，其实也就是管闲事，因为他们有能力，所以才管得了。于是，越是在现实里不容易获得仗义豪杰行动，越是放到武侠小说里去尽情追求、尽情实现。这是金庸小说在华人世界里被广为喜欢的原因，而他所构建的想象中的武侠江湖，或许是华人里世界最大的文化共同体。

三

1924 年出生于浙江海宁的金庸，原名查良镛，查家是江南的名门世家。1948 年，因《大公报》香港版复刊，担任翻译职务的查良镛被临时调到香港工作，成为一名"港漂"，谁知这一漂就是半个多世纪。

刚去香港的最初几年，查良镛还抱有实现外交家的理想一度来到北京，但很快，他发现自己的出生在新时代并没有太多的可能性，于是他重新回到香港，他的父亲在老家被镇压，彻底断绝了查良镛的回头之路。

二十世纪四五十年代的香港，被视为"边缘之地"，但从中国内地涌入香港的人口激增，据统计达到 70 万以上，这其中包括了一大批的流浪精英。因为移民的流入，香港变得热闹，人口达到了 250 万以上，为随后六七十年代经济起飞奠定了基础，新的文化需求也在蠢蠢欲动。在港谋生的熙攘人潮中，有各种劳动力需要市民趣味的消遣，也有一群特殊的人群，那就是文化群体，很多来自内地，也被称为"南来文人"，不少栖身于报业。

1955 年，查良镛以笔名金庸开始在香港《新晚报》连载《书剑恩仇录》，从此，世人知道了金庸。

二十世纪五十年代末，借助武侠小说创作的成功与积累，查良镛离开《大公报》，创办《明报》，从此一手以查良镛本名写社论，一手继续以金庸为名写武侠。

从某种意义上讲，金庸生活于香港，精神世界却一直在内地；当年查良镛去香港，原计划只是暂时，最终这里却成了自己的太平绅士传奇。他对此心知肚明，写诗说"南来白手少年行，立业香江乐太平"。

香港，成就了金庸与查良镛，在一个别处完成对"故国"的想象。然而，为什么偏偏是当时的香港，成就了新派武侠与金庸？今天看来，对比大陆（内地）与台湾，香港看起来或许是文化沙漠，事实上或许是中国文化最后的劫余。

作为边缘的香港，原本是劣势，却因为政治变化，将边缘变为优势，远离了各类运动的中心，保留了一寸空间，无论是经济腾飞还是市民社会，新派武侠还是古典文化，甚至文人报业。当机会重新来临，边缘地带的生机，往往扮演了中心地带的反哺角色，亦如制度经济学家科斯观察到的，中国改革成功源自边缘地带的革命。

香港作为亚洲四小龙崛起的过程，不仅对应着企业家查良镛的资本积累，而香港作为多重势力的飞地，也给予了报人查良镛可能的博弈空间。至于小说家金庸，也成就于香港时代变迁的可能性。

从这个意义来理解香港，那么金庸小说的地位也很清晰了。张爱玲曾经谓香港"兼有西湖山水的紧凑与青岛的整洁，而又是离本土最近的唐人街。有些古中国的一鳞半爪给保存了下来，唯其近，没有失真，不像海外的唐人街。"

"一鳞半爪"看起来是贬，其实却是沧海遗珠的感慨，金庸小说作为这一鳞半爪的衍生产品，也足以慰藉真正的沙漠众生。也正因此，金庸小说中虽然心念念江南塞外，但核心要素却隐约闪现着香港的投射，无论是郭靖死守襄阳城的意象，还是韦小宝逃遁的"通吃岛"，在时代变迁中，孤岛香港是最后的堡垒，是小资教主张爱玲所谓的"边城"，香港本土小说家西西所谓的"浮城"。

香港的边缘或者"沦落"，成就了金庸的传奇，查良镛收获了完美的人生，而香港却徘徊于命运的路口。金庸的作品在历史中承担的角色，是他意料之外的产物；等到香港回到中心，查良镛随之也达到人生的巅峰。某种意义上，他们的使命也共同走到了终途。急流勇退，一向是金庸推崇的智慧。

四

金庸和他的武侠江湖，影响并渗透着当今中国的商业世界。

马云热爱武侠文化，尤其是对金庸小说中武侠英雄极为痴迷。在当下如日中天的中国顶尖科技公司阿里巴巴的企业文化里，明确要求每个员工都必须有个出自武侠小说里的正面花名，例如说马云常以"风清扬"自称，他的办公室叫作"桃花岛"，会议室是"光明顶"等等。因此，马云自创业起便十分敬仰金庸先生，后来起家之后更是多次向老前辈请教。

阿里的价值体系，被马云称之为"独孤九剑"和"六脉神剑"。"独孤九剑"是指：群策群力、教学相长、质量、简易、激情、开放、创新、专注、服务与尊重，而"六脉神剑"则是：客户第一、团队合作、拥抱变化、诚信、激情、敬业；可以看出阿里在制度战略层面的"侠文化"。

2000 年，马云与金庸有过一面之缘，也因为这一面之缘，马云给老爷子留下了良好的印象，金庸甚至亲自为马云书写"神交已久，一见如故"，成为一对名副其实的忘年交。

后来，马云效仿"华山论剑"，在杭州主持了一场互联网行业的"西湖论剑"，邀请金庸坐镇，不料得到金庸答应。这一次，不仅奠定了马云在中国互联网行业的影响力，同时极大地扩展了阿里的品牌知名度。之后，阿里的企业文化里，深深地烙上了金庸的武侠精神和江湖气质。

网易的丁磊，似乎也受到了金庸的影响。他曾坦言，最喜欢金庸的小说《天龙八部》，诸多人物中最喜欢段誉和王语嫣。游戏版块作为网易的核心业务，从诸多游戏名字就可以感受到扑面而来的武侠风，更能感受到丁磊的武侠梦。

伴着武侠小说长大的丁磊，在第一届"西湖论剑"时见到金庸，便对老爷子调侃地说道："金大侠，你把我们一代年轻人的时间给耽误了呀。"

而搜狐的张朝阳， 因为拿到金庸的授权， 推出的网游《天龙八部》，凭借这个游戏的火爆，把搜狐畅游送进了美股资本市场，并被纳斯达克定义为"2009 年中国第一股"。

同样，深受金庸影响的，还有雷军、马化腾、李开复等，他们有一个共同的属性：互联网大佬。

为什么这么多互联网大佬与金庸有如此传奇的情缘呢？ 我想这是因为互联网的虚拟世界，更像是金庸笔下的武侠江湖，每一位成长历程中受到江湖影响的"侠客"，通过他们的努力，终于在互联网这

个"大江湖"中实现他们的人生理想。

2006年，金庸为一座位于西湖边上、名为"江南会"的宅子题字。八位意气相投的"江南侠客"在这座以原先贤堂旧址及周边六间房子作为"江南会"的根据地。

江南会以江湖闻名，饭桌上有热闹非凡的江湖菜。他们定下规矩，若遇非常难事，只要发出"江湖令"，八位发起人无论身在何地，均亲自赶来出手相助。每个江南会会员都拥有一块"江湖令"。这八个人中，有阿里的马云，网易的丁磊，盛大网络的陈天桥，复星集团郭广昌等浙商。"江南会"因发起人身份的特殊和江湖规矩，让这一组织充满了神秘性。

金庸逝世，马云发文深刻悼念："若无先生，不知是否还会有阿里。愿侠义长存！"同时，阿里巴巴通过官方微博发文悼念："江湖仍在，永失我爱！"此外，各大互联网的大佬纷纷发文纪念金庸。

金先生虽已离开，但他的江湖依旧在。

千古文人侠客梦。与「江湖」相伴而生的是「侠客」，侠客文化的演进，始终跟随着主流社会价值观的发展。中国大众对于武侠小说的痴迷，来自渴望拯救和被拯救的文化心理，同时，也潜藏着梦想在桃花源里实现自由、快意恩仇的满足感。

中年的意义

所谓"中年的意义"，是明白了什么是爱，理解了什么是能力与担当，懂得了给予和付出。中年不是"危机"，而是人生的黄金阶段。

一

2017 年 10 月，因作家冯唐的一篇文章《如何避免成为一个中年油腻男》，掀起了一场网络狂欢。代表着"油腔滑调，世故圆滑，不修边幅"的网络词"油腻中年"一时走红。

冯唐在文中曾写道："不可避免的事儿是，一夜之间，活着活着就老了，我们老成了中年。"这段话暗含了两个意思：一是岁月流逝不可抗拒；二是中年的到来是一件不让人待见的事情。

接着，媒体的各种报道似乎也在验证着这种论调的正确性。2017年有关"华为中国区开始集中清理 34 岁以上的交付工程维护人员，研发开始集中清退 40 岁以上老员工"的传闻触发大众敏感神经，中年危机成为坊间热议话题。

姜文在《狗日的中年》一文中写到，"中年是个卖笑的年龄，既要讨得老人的欢心，也要做好儿女的榜样，还要时刻关注另一半的脸色，不停迎合上司的心思。中年为了生计，脸面，房子车子票子不停周旋"。

光彩如姜文，都对中年做出了如此的论断，更何况是普通大众。中年男性大多处于上有老、下有小的状态，生活压力较大，加上职场的天花板开始显现，难以取得更大的成就，继而心理上自我否定、怀疑不安等情绪。而"油腻""发福"或是中年男性早出晚归、蓬头垢面、拼命工作赚钱养家，过度应酬或使用快餐品，无暇顾及自身形象所致。

一篇文章，一个网络流行语，让全社会开始关注中年。现代生活的压力，让"油腻中年"成为不堪的代名词。当我读到这篇文章时，启发我的是一连串的问题和思考：什么是中年？中年代表着什么？我离中年还有多远？

二

大卫·班布里基是英国剑桥大学临床兽医解剖学家，曾出版多本科普作品，擅长以动物学方法研究人类生理特性。他将中年定义为40至60岁，认为"人类经过几百万年的进化，却始终保留着中年，而且在整个人生中占有四分之一以上的时间，那么它就一定有它存在的理由"。

中年将一个人的青年和老年联结起来。40岁之前，人身强体壮，忙于生计；40岁之后，没有了青年人的体力，却成长了更多的人生智慧。依照生物学家们的考证，远古时代，中年人一边劳作，一边絮絮叨叨地给后代讲述着自身的经验。他们相较于老年人更有时间和精力传承智慧。

凡事总是分两面。在中年人代表着人类最高智慧的同时，他们的外表开始"老化"了。尽管，现代的生物学家针对人类为什么会老化尚未形成完全统一的结论，但是"为了后代留下更多的资源"成为其中最为主流的一种观点。

放在长远的人类发展史来看，中年是人类成为高级智慧生物进化出的一个必然阶段。这样一个阶段，让从古至今的中年人都成为承上启下的一代，在行为和体态上一切都为后代的成长作出了各种努力和让步。

大卫·班布里基说："中年不是负面的事，而是正向的经验，不是危机而是变化。"在他看来，与其说40-60岁是中年危机，不如说是一场文化与性格的大解放，是创造与破坏的力量势均力敌的时候。所谓中年人，一半是创造，一般是破坏。

大卫·班布里基，从生物、艺术和科学的角度，告诉恐慌的中年人，中年是人类的主动演化和第二次成长。你以为人生来到了尽头，其实你只是刚刚看到山顶的风景而已。

人进中年，依然不要放弃自我成长。我们更应该像是英国贵族，悠闲地看待人生，对自己身处的阶段充满好奇，暂时把尘世的浮躁和喧嚣放下，思考一下中年的意义。

三

谈到中年的意义，也许就是父母对我们一生的爱，现在换我们来爱他们。

台湾现代作家龙应台说："所谓父母子女一场，只不过意味着，你和他的缘分就是今生今世不断地在目送他的背影渐行渐远。你站立在小路的这一端，看着他逐渐消失在小路转弯的地方，而且，他用背影默默告诉你：不必追。"

当我们长大了，上高中、念大学、工作、结婚……一次次离开家的时候，你却不知道父母也渐渐老了，他们已经到了中年，头发半黑半白了，皱纹又明显多了，背也开始有点坨了。可是我们可能还在嫌弃他们唠叨，嫌弃他们每到节假日就打电话问自己要不要回家，可是你却忽视了他们用尽一生在爱我们。

2017年，我拥有了人生第一个小孩，这一年，我37岁。在此之前，我一直很独立，高中考大学，独自选择城市，选择大学，选择专业，毕业后也自行决定去往的城市工作，父母很少过问。有时因为工作忙碌，甚至一两年都未曾回过潮汕老家去看望父母，父母有时真的很想我了会来个电话，只要听到我的声音，知道我在外平安，他们就会很开心。

当了父亲后，养育孩子的过程，让我体验到了为人父母的不易，当孩子生病时，我会心急如焚；而孩子的一个简单的微笑，足可以让我幸福一整天。此时，我顿时理解了什么是父母的爱，我明白了过去自己所认为的"独立"，是多么的自我。我想，很快进入中年的自己，除了养育好孩子，更应该用余生去爱自己的父母，因为他们在我身上付诸了一生的爱。

在中国的传统家庭里，父母把大量的资源都投入到了孩子身上，我们把这种投入称为"亲本投资"，这份投资是不计成本、不求回报的。

"亲本投资"让中年变得更有意义，投资一个孩子不只是提供食物就够了，也就是说父母不是只把孩子养大了就够，他们还需要教导孩子"信息"。让孩子能够立足于社会，并且存活下去，这些信息包括生活经验、知识、技能、目标、价值观等，而这些都被统称为"文化"。

在写作本文时，我采访了数十位已经事业有成的中年人，我提出的其中一个问题是"你们认为中年的意义是什么？"大部分人的回答是，"明白了什么是爱，理解了什么是责任，然后是更愿意去给予和付出。"

四

我们常常会听到这样两个评价，一是中年人的大脑不如年轻人灵活；二是总能听到年轻人说自己父母"老顽固"，好像中年人已经不再能接受新的事物，心智已经停止发展了。

但事实真的是这样吗？ 大卫·班布里基的研究认为，中年虽然遭遇了身体的衰退，但却进入了大脑的黄金时期，心智的巅峰阶段。与儿童、青少年的大脑相比，中年人的大脑似乎确实不怎么活跃。但仔细研究我们会发现，大脑是人类千年演化中不断博弈、平衡、妥协的结果。大脑在发育完成之后，会不断抵抗生物老化的趋势，延长自己能够完美运作的时间。它会通过改变思维方式，来保持在机能衰退的同时，依然拥有强大的思考能力。

一项认知能力测试的结果表明，人的认知能力就像一个小山丘，在20岁时开始增加，到40岁左右达到顶峰，而后20多年的时间里，认知能力的变化不大，直到进入老年，才开始下滑。

这回答了一个问题，为什么企业的领导层大部分是中年人，因为他们的认知能力、经验、技术和计划等，要高于年轻人。中年人在企业经营管理中，往往需要综合各种信息，做出决策的领导职能。在我所接触的家族企业当中，年轻的二代接班人，往往需要向父辈取经，也是这个道理。

　　奥地利心理学家弗洛伊德认为，人生的早期阶段是心智发展的关键，中年则相对停滞。一旦进入中年，人格就成型了，改变不了了。这种观点传播非常广泛，给步入中年的人们带来了不少压力和恐慌。其实，中年心智停滞这样的观点，是一种误解。客观上，中年人比青年人拥有更多的自主能力，而这一些特质带来的往往是心智的继续变化。中年人正处于个人精神世界里的青春热情与成熟现实互相冲撞的时期，而老年的衰退淡泊还没到来。

　　可以这么说，中年人的心智体现的是一种变化，而不是停滞和衰退。而这种变化的心智主要体现在两个素质上，一是更加稳定沉着，二是自控力和心理调适能力更强。

　　中年的妙趣，在于相当的认识人生，认识自己，从而作自己力所能及的事，享受自己所能享受的生活。在我采访的中年人中，有相当一部分人是从中年开始真正地"享受生活"，比如完成了原始积累，不用再为生存奔波，可以选择打打高尔夫球，可以环游世界，或是参加一些社会公益；而拥有更广泛的人脉或是朋友圈，可以让他们生活更有品质，而更富有幸福感。

　　所以说，中年不是"危机"，而是人生的黄金阶段。

五

时间穿越到 2030 年 8 月 12 日。

这一天，我迎来了 50 岁生日，十多年过去了，"小伙伴们"每年都记得我的生日，这一年也不例外，他们把每年的这一天，定为"团队纪念日"。

一下子迈入了"天命之年"，这让我有些感慨，感觉人生开始进入下半场，此时想起了北宋文学家晏殊的一句诗："无可奈何花落去，似曾相识燕归来"。

"爸爸，生日快乐，这是我送给你的生日礼物。"郑一宸长大了，13 岁，开始上初中，他从网上买的礼物叫"IBOOK"，这是一本"特别的书"，薄如纸，可折叠后放进口袋，方便随身携带。IBOOK 里存放着一千多位商业名人的传记，同时也收录着我这些年写的十余本书，可随时阅读和学习。儿子的用心让我很感动，这些年我花在陪伴和教育儿子的时间很多，但这一切都值得。

这一天的庆祝，不只是因为我的生日，更重要的理由是，我和我的团队通过十年的努力，开创了一个服务全球创业者的平台，在世界30 多个城市建立创业者联盟和创新合作中心，而刚刚我们才在深圳办了一场全球创新大会，吸引来自世界 50 多个国家的创新企业，这一成绩，得益于无数参与者的共同创造，以及我们团队十年兢兢业业的努力，也实现当初创办平台的理想。

这一年的八月，深圳举办成立五十周年庆祝活动，我与深圳同年同月生，这或许也是"缘分"。进入"中年"的深圳，已发展成为全球领先的创新之都，粤港澳大湾区已然成为世界首屈一指的大湾区，而深圳则是大湾区的桥头堡和引领者。

一个人也好，一个城市也好，中年意味着成熟，意味着能力与担当，意味着给予和付出。我很幸运，在迈入 50 岁的年纪，能够经历生命中的一场美好，完成一个阶段的人生使命。

中年的妙趣，在于相当的认识人生，认识自己，从而作自己力所能及的事，享受自己所能享受的生活。

后记
写作与人生

2018 年 9 月，我出版了第一本个人散文集《相遇在美好的时代》，在当当网上线的第一个月即登上"新书畅销榜"前 50 位，这或许是对我无数个深夜坚持写作的最大肯定。

从此，我多了一个身份标签——"青年作家"。新书出版后的这半年时间里，我不断收到读者来信，其中有创业者，有职业人，也有在校的大学生，他们会就书中的某篇文章、某个故事或是某个场景，表达他们的共鸣或是感动。

有一位读者来信说："在读此书之前，我喜欢的散文有两种。一种是类似于余秋雨老师的散文那样气势磅礴，另一种是如席慕蓉老师的散文那般细腻缠绵，辞藻优美。曾经无知的我天真地以为，散文要么气势磅礴，要么优美华丽。但读罢《相遇在美好的时代》，才发现，散文就算是通过平淡朴实的文笔传达出来，亦令人感慨动容；原来文字，从来不需要多么华丽的辞藻，只需要一颗敏感而真挚的心就可以。"

这封短短百余字的来信，读后内心十分温暖，同时也深切地勉励着我在写作的路上继续前行。这段时间，在不同的场合，总会遇见一些创业者或是博商企业家，他们见到我的第一句话是："秘书长，我读了您的书，其中某某故事令我印象十分深刻……"

在此之前，我从没有想过原来写作可以如此深刻地影响别人，也未曾想过通过出书来成就自己，我只是单纯地因为喜欢写作，因为想记录下自己或身边所发生的事，仅此而已。

　　2018年，遇见陈春花老师，是我一生中莫大的幸运。陈老师每天坚持写作五千字，30多年笔耕不辍，出版了二十几部管理学著作和十余部散文集；她的身份更是多元的，既是学者，又是活跃于教学一线的师者，还是优秀的管理者。因为她在研究和写作上的坚持，学术成果丰硕，被誉为"最有可能代表中国走向世界的管理学者。"

　　一次在与陈老师的交谈中，我说我每天的工作很忙，抽不出时间写那么多。"那你就一周写五千字吧！"陈老师勉励我说。

　　从此，写作成为我生活的一部分，成为我工作之余最有意义的一件事。我也暗暗地给自己下了一个目标：每周写作五千字，每年出版一本书，坚持三十年。那样，在我七十岁的时候，书累加在一起，足足就可以到达膝盖那么高。

　　我想象着在未来的某一天，当我翻开自己出版的图书，阅读写过文字和故事的时候，我忽然察觉到，写作有了一个更重大的意义：我跟生命中经历过的人和事有了"连接"，我与过去和未来有了"连接"。

那些文字，虽然是给读者的，但是它其实是我最私己、最亲密、最真实的手印，记下了、刻下了我过去生活数十载的岁月，我此生永远不会忘记的生活岁月。

然而，写作的过程是十分孤独的。

有时，为了创作或还原一段故事，需要坐着冥想数小时；有时，为了寻找灵感，我会寻找一处安静的地方待上几天，一个人完全放空自己。无论处于什么样的状态，人都会感到孤独，对于写作来说，孤独也许是不可或缺的。

有时候，我也会陷入怀疑和沮丧之中。我时常会问自己这样的问题：文字创作对现实的生活真的有必要吗？我的文字能带给读者什么价值？透过写作，我又能得到什么？

要坚定地写作，绝不是一件容易的事。对纯粹的文学之路，有过恐慌，应该是怕寂寞吧，怕写的文字没人欣赏。

我从来没有想过靠写作为生，如果真的有私心，我希望我的文字带给读者哪怕是一点点的启迪，都可以让我无比欣慰。

写作需要对生活有深度的认知。既然要做出有价值的表达，就要逼迫自己对一个司空见惯的事物产生更加不同、更加深刻的思考。即使写不出名留青史的伟大作品，通过写作也可以提高自己认识问题的深度。

我将写作当成跟自己、跟世界对话的一种方式。全然孤独的写作，反而可以让人更加专注地面对自我，冷静而客观地观察这个世界。一段时间后，我发现，写作本身就是对自己最好的回馈，我愈发热爱和自己深度对话的感觉，也开始刻意训练自己对生活的敏感度，因为灵感，正是来源于对生活的敏感。

写作更是一种自由的生活方式。

每个人都可以在有限的范围内选择自己的生活方式。所谓的自由，是你可以得到一些空间，同时负上相等的责任。自由的另一面，是责任。你选择了自由，就要承担责任。

对我来说，任何人首先是一个人，之后才是被别人指派的角色。作为一个人，对于别人遭遇的痛苦、不公平的对待，对于贫富悬殊的现象等等，是不可能视而不见的，不牵涉其中的。至于文学写作的，首先也是一个人，之后才是写作的人。他怎么活，就怎么写。写的问题，就是如何活的问题。每个人都有一个与主流社会背道而驰的世界，只是由于长期活在主流之氛围下，受周围环境的影响，才把自己的世界压抑得愈来愈小。而在写作的时候，那个被压抑的世界便会被放大。

我认为，能把时间花在做自己喜欢做的事情上，已是充满感激，无穷无尽的感激。或许我能说，我的动力来自相信自己的才华，相信自己在写的东西是独特的、有价值的。我只是单纯地想让创作回归纯粹的感动，我只是想完好地留存自己眼中的世界。

最后，我将写作视为人生的一场修炼，视为一次自我完善的过程。

"鱼跃此时海，花开彼岸天。只缘有余庆，翩翩到此间。"这是小说《将夜》里的一首诗，说的是鱼儿在无边的海上自由跳跃，花儿开满了海角天涯。只是因为有了先前的福分，才会一同来到这纷繁的人间。

每个人心里都有一个独特的世界。只是有些人选择把那个世界忘记，去适应现实；而我选择一边适应，一边完善我的世界。

我会一直坚持写自己真正热爱、真正相信的东西。我希望这样的写作状态能坚持一辈子。

郑义林

2019 年 3 月 25 日

联合国前秘书长、博鳌亚洲论坛理事长

潘基文

　　我非常荣幸受郑义林先生邀请，在"纪念中国改革开放40周年暨第三届深圳市民营企业家盛典"中作主题演讲，这是一场非常有意义的活动。他作为盛典的主要发起人，通过汇集智慧和资源，致力于社会服务，推动全球事业，支持中小民企的发展，让我印象非常深刻。此外，郑义林先生是一位非常有前瞻性思想的组织者，他具备优秀、干练的领导能力以及深厚的专业知识，借此机会表示祝贺，希望他在未来能够继续努力引导、鼓励企业家们在新的挑战中推动世界向前发展。

原国家外经贸部副部长、中国入世谈判首席谈判代表

龙永图

　　我认为企业家的回归未来，主要在于做好三方面：第一，要更有规则意识，特别是更加尊重国际规则；第二，要有更加开放的意识，积极面对外部市场和环境的变化；第三，拥抱新技术，永远有一个创新的思维和创新的能力。最后，恭喜郑义林先生新书《回归未来》的出版，希望这本书能给社会带来更多的正能量！

央视主持人

白岩松

　　我已经记不得自己来过深圳多少次了，我可能跟深圳比较有缘。深圳特区是1980年8月正式成立，属猴，我也属猴，也是8月份出生，跟深圳缘分很近，只是我比深圳整整大了12岁，我是1968年出生的。由此也看得出来，我跟改革开放40年蛮有缘分的。在此，希望同属猴且与深圳同岁的郑义林先生，能为这座年轻有活力的城市贡献更多价值。

财经作家
吴晓波

与义林认识有七年多了，一路上看着他在成长和改变，从青涩内敛到成熟智慧。这些年，在义林和他的团队的辛勤工作下，博商会由小到大，逐渐发展成为华南地区颇具影响力的创业社群。

收到义林的书稿《回归未来》，感慨他十年如一日的坚持。我曾经说过，一件事没个十年，是干不好的。他跟我说，他要用一生的时间去做一件事，就是打造一个平台，终生服务创业者。这是一份理想，更是一份承诺。我认为一个人不能有太多理想，而且理想越小越好；越小，然后时间越长越好。

从《回归未来》一书中，可以看出他对过去和未来的独立思考，对纷繁复杂的商业世界的记录和观察，也有他平凡生活故事的感悟和提炼，从义林身上，我仿佛看到自己年轻时的影子，充满理想主义的正义感和现实感。

未来的世界会是怎样的？今天的我们都很难想象，但有些东西是不会改变的，比如人性，比如人们对美好生活的渴望，比如人们对理想的追求等等。

下一个十年，一起努力，加油！

御风投资控股董事长、商界思想家
冯仑

翻阅了郑义林寄来的《相遇在美好的时代》，感受到他所理解的多元化时代，全书文笔流畅细腻，感情十分真挚，故事性很强。跟郑义林有过几次的接触和交流，感觉他是一个很有理想的"文艺青年"，并且愿意为理想而付诸行动。恭喜他的第二本散文随笔《回归未来》出版，祝贺！

北京大学国家发展研究院教授、BIMBA 商学院院长
陈春花

　　我认为当今青年一代最重要的三点品质：乐观而善良的性情、自我学习的习惯、担当与进取之心，很欣慰从郑义林身上明显地看到了这三种品质。他那份自我激励的内驱力，以及为了完成目标而坚持不懈的努力，值得肯定，相信他会成为一个可以创造价值的人。

万盛兴精密技术（惠州）有限公司董事长、深圳博商会会长
陈万强

　　过去的十年，博商会从无到有，再到发展成为华南地区有影响力的企业家社群，义林功不可没。与他共事多年，我认为他是一个非常有理想、有能量的青年，在新书《回归未来》中，他真诚地把成长经历和思考记录了下来，同时作为一个时代记录者和商业观察者，为读者提供了许多认知人生、商业和世界的独特视角，值得庆贺。衷心希望他能继续坚定理想信念，脚踏实地，沿着人生的轨迹继续耕耘，成为一个有为青年，传播正能量，创造更大的成绩。

路华集团董事长、博商会名誉会长
陈步霄

　　郑义林，一位杰出的 80 后，在博商会担任十年的优秀秘书长！

　　有幸与郑义林结缘始于我进入清华学习，当时我是同学当中年纪比较大的。在郑义林秘书长的鼓励下，我参与竞选副会长并获选，于

是踏上了博商会全盛时期努力拼搏的历程。在学校领导与秘书处郑秘书长带领下，博商会超速崛起，成就了这个华南第一企业家社群的传奇故事。

郑义林才华横溢，这在博商月刊里可以略见一斑，创作上的文采与功底，出类拔萃，每篇作品都让读者爱不释手。其最新力作《回归未来》内容精彩，真情流露，令人如临其境，实为不可多得的经典创作，相信文学爱好者一定会先睹为快，不可错过！

卡酷尚集团董事长、四川省绵阳市政协委员
郭晓林

祝贺义林在相隔不到一年时间出版了两本书，如果说《相遇在美好的时代》记录了值得回忆的人物和故事，那《回归未来》一书，主要是书写了作者对当下和未来的思考！文中也娓娓道出作者的成长经历，在与无数成功的企业家和艰难求生的创业者深度接触，体悟到冰火两重天的商业世界，也见证了中国的民营企业经历了蜕变与重生！作者十年磨一剑，不断向高人、名师学习，寻找到了榜样，从成长到成熟，亦会成为许多年轻人的榜样！祝福中国，祝福幸运的粤港澳大湾区和我们。努力！加油！

卡的智能董事长、博商同学会常务副会长
颜秉军

认识义林十年，他很勤勉精进。作为博商的老学员，我自认为自己也是喜欢读书整理的人，但他做得比我好很多。从《相遇在美好的时代》到今天的《回归未来》，只用了不到一年的时间，并且都是在烦琐的工作之余完成。义林是学经济学的，但他对文字的驾驭能力非常强。记得上次读完《相遇在美好时代》我开玩笑讲，以你这些丰富的历程再写书时要在故事中更多加入自己的思想感悟去影响别人那将会让读者更有收获，今天读本书时我觉察到了这些变化，他写龙永图先生写白岩松先生，实际是在借描述别人的故事反映自己的内心世界。拥抱变化，回归未来，一切才刚刚开始，以此祝福义林，沿着自己认定的方向越走越美好。

吴晓波频道深圳合伙人
余静

郑秘书长在一个商业盛行的社群时代，保留着文人的细腻和柔软。他的两本书，是一个读书人的理想情怀。

在博商会的公众号上读到过他写大学："我的大学四年，简单充实，不谈恋爱，不玩游戏，不看网剧，经常一个人自习，一个人泡图书馆，一个人上新东方，唯一参加的社团是《校报》编辑部。从大一到大四，从一名小记者一路成长到主编。那四年的北邮校报，每期都有我的文字。"

看时很惊叹，这是一个不曾饶过岁月的男同学。即便后来工作很忙了，依然坚持写作，死磕自己，并把每年出一本书作为目标。对文学有热爱之情，对文字有敬畏之心。他在博商会十年，这一路，有许多的故事要说。对这个时代最好的敬意，就是去记录它。这是一个80后秘书长对时代最好的答卷。

乐天集团总裁、广州市天河区政协委员
王洁霞

未来，道阻且长，我所知即是我无知。义林秘书长一直用谦虚的

态度向身边的各位智者请教，而他的这种态度，也不断地鞭策着我不断学习、不断成长、不断进步。如书中引用《道德经》所言，水面是什么最辽阔？有湖有溪有海，当然是大海。老子自问自答，为什么是大海，因为它比别人低。海平面是零，所以千江万河归大海，海纳百川，所以最辽阔，人和企业一样，要进步，就得不断以空杯心态去学习。相信许多同我一般的中小企业家，也能够在书中找到启发。

回归未来，十年后会怎么样，我们无法准确预估，但未来是由无数个现在构成的，现在即未来。我们每个有责任感有使命感的中小企业家个体，通过每一个现在的微小努力，聚沙成塔的推动着社会的进步，世界的改变，而这个世界，也用它的发展改变着我们。

东莞市志达集团总裁、广东省三八红旗手、东莞市政协委员 丁茜

我们审视并认知自己和世界，往往受限于个体的孤独与渠道的狭窄，框定了思想的深度和视野的广度。义林秘书长从生命、过去、城市、经营、人生五个方面，向我们展示更多维度对时空的思考。通读全文，与作者用心对话，颇有推门而出，别有洞天之喜悦。从上一本《相遇在美好的时代》到此书，我在阅读中见证了他的成长。新书面向未来，从初心出发，记载学习成就和人生感悟，是年轻人融入世界的有益参考。

深圳市天月明包装制品有限公司常务副总经理 陈惠芬

遇见是一种缘分，遇见是一种机会。我和郑义林秘书长因为资源汇而遇见，因为真诚而相互认可。

白居易说"感人心者，莫先乎情"。好的文章源于生活，写你的所见、所闻；写你的亲身体会；写出你的真情实感，这样的文章，才会生动感人。不需要太过华丽的语言和美丽的框架。唯有亲临中国改革开放40年前沿深圳，发生的点点滴滴人和事，唯因郑义林秘书长工作性质，身边聚集着众多鲜活的民营企业家，一句"我只是单纯地想让创作回归纯粹的感动"，表述了郑义林秘书长写作的初衷，从遇见人，遇见城市，遇见社群，遇见美好，到今天回归生命，回归过去，回归城市，回归经营，回归人生，都是用身边鲜活的人、事、物，用心、用情抒写而成，感人至深。

广东领英科技有限公司、市场营销总监
梁国详

首次读郑义林先生的《相遇在美好时代》内心触动很深，至今仍记忆犹新。这次有幸拜读郑先生的新书《回归未来》，除了感动以外，多了一份对工作、生活以及人生意义的思考。作为一位年轻的企业高管，曾经把工作当成生命的全部，《回归未来》中有关郑先生与几位成功人士相处的感悟读得十分过瘾，但是书中关于郑先生对自己生活的记录更能让我去思考人生的意义是什么。一本真正好的书不应该只是告诉你什么是好的，更应该是去促使读者去思考，《回归未来》正是如此！

深圳市盛世汇贸易有限公司总经理
聂晓燕

思维方式决定行动方式，在这么多年为同学们服务的同时，郑义林秘书长置身企业家群，深入了解企业成功和失败的案例，不断深度思考怎样高效解决企业家群体面临的各种问题，用一种身在局中又是

局外观察者的身份记录着他最迫切想表达的思想，这是我们这一群人的幸运，也是所有读者们的幸运。

金主资本控股创始人
陈泽聪

阅读郑兄的每一篇文章章节，犹如乘坐时光的穿梭机，在多个维度中与不同对象对话，源源不断产生着共鸣与心流，为梵高先生的善良与悲剧人生感到神伤，为时代与国家的变迁心生敬畏，为政商界传奇的信仰与理想心潮澎湃，引领着阅读者与他一起，探索生命的意义，寻找最真实的自己。郑兄是一位与时俱进的给予者与记录者，将他所有的经历与感悟奉献给我们每一位读者，让我们与他一起，在浩瀚星河中，追求美好，回归未来。

书享界创始人
邓斌

我把遇到的高人，提炼出三点共性特质：勤奋，智慧，克制。郑义林兄是其中的杰出代表。在《回归未来》，他从生命、过去、城市、经营、人生五个维度，把他近几年所遇作了梳理，文字优美且观点极有穿透力，一如郑兄外表儒雅而内心炽热。我很羡慕他有机会与这么多高人同行，很多人不具备这样的条件。所幸的是，他愿意把他的体悟写出来，让我们看到更开阔真实的新视界，读起来很有获得感。我诚挚推荐大家读一读这本书。